LA FILLE DE PERSONNE

“Domaine français”

DU MÊME AUTEUR

ÉLOGE DE LA TRANSMISSION : LE MAÎTRE ET L'ÉLÈVE. ENTRETIENS AVEC GEORGE STEINER, Albin Michel, 2003.
LES SOUFFLEURS, Actes Sud, 2004 ; Babel n° 970.
LA CHAPELLE AJAX, Actes Sud, 2005.
LOUIS ET LA JEUNE FILLE, Actes Sud, 2006 ; Babel n° 1266.
MAUVAISE LANGUE (prix Femina pour la défense de la langue française), Le Seuil, 2007.
LES VIES D'EMILY PEARL, Actes Sud, 2008.
HAMLET/ÉLECTRE, Actes Sud-Papiers, 2009.
ORDALIE, Actes Sud, 2009 ; Babel n° 1672.
ARAL, Actes Sud, 2012 ; Babel n° 1163.
CORPS ET ÂME, Actes Sud, 2013.
SHÂB OU LA NUIT (prix du Roman métis des lycéens 2013), Actes Sud, 2013 ; Babel n° 1374.
MA BIBLIOTHÈQUE. LIRE, ÉCRIRE, TRANSMETTRE, Le Seuil, 2014.
FILS DE, L'Avant-Scène Théâtre, 2015.
ILLETTRÉ, Actes Sud, 2016 ; Babel n° 1509.
BÉNÉDICT, Actes Sud, 2018.

ISBN 978-2-330-13370-2

CÉCILE LADJALI

La Fille de Personne

roman

ACTES SUD

À Personne.

Dans mes livres, il s'agissait de toi.

Franz Kafka,
Lettre au père.

Tous les titres des chapitres sont empruntés à Nietzsche, *Ainsi parlait Zarathoustra.*
Le lecteur pourra consulter les notes à la page 201 et suivantes.

De l'ami (1) – Paris, nuit du 1er au 2 avril 1951

Me voici dans ta nuit.

Il fallait que je t'accompagne. Tu as jeté tes manuscrits dans le poêle. Une fumée âcre et noire s'échappe du foyer. L'air de la chambre est devenu irrespirable. Tu es assis sur la malle où tu ranges tes écrits. Tu te tiens la tête dans les mains. Effondré. La plus grande part de ton œuvre est publiée. Le feu n'aura pas raison d'elle. Tu devais en passer par là et que j'assiste au rituel. Je l'ai compris tout à l'heure sous le platane quand tu m'as dit – Je crois, Luce, que je vous attendais pour accomplir ce soir ce que j'aurais dû faire depuis longtemps. Ta voix était mate. L'accent persan qui la rend d'ordinaire si chantante, presque éteint.

Dans le cendrier du poêle, tes mots se sont changés en poudre grise et couvrent les charbons ardents. Tu relèves la tête, te redresses, poses les mains sur tes genoux. Tu es toujours assis sur la malle. Le rouge des braises se reflète sur le verre de tes lunettes, si bien que je ne vois pas tes yeux. Pleures-tu, mon amour ? Es-tu heureux que je sois là, à minuit, dans cette odeur de catastrophe ?

Je suis ton ombre. Celle à qui tu écris. Celle qui te révèle ta part de feu, ta nuit, son ravage.

I

LES VILLES

Je suis les faubourgs d'une ville qui n'existe pas, le commentaire prolixe d'un livre que nul n'a écrit. Je ne suis personne. Personne. Je suis le personnage d'un roman qui reste à écrire, et je flotte aérien, dispersé sans avoir été, parmi les rêves d'un être qui n'a pas su m'achever.

FERNANDO PESSOA,
Le Livre de l'intranquillité.

D'enfant et de mariage – Prague, 28 août 1912

Je suis arrivée à Prague à la fin de l'été 1912, le 28 août précisément – c'était un mercredi – pour prendre mon poste chez les Kafka.

Une canicule accablait la ville et j'avais les chevilles gonflées en descendant de la rame du train qui venait d'entrer en gare centrale.

Sur le quai de la Hlavni Nadrazi, la fourmilière des humains m'intriguait. Cette obstination à s'agiter, cette recherche de l'épuisement, alors qu'il serait si facile de poser sa valise, de s'y asseoir un moment et de contempler les moineaux voler sous les verrières et le métal des plafonds, étaient réellement fascinantes.

Une petite fille m'a frôlée. Sa mère la tirait par la main et l'enfant, de son autre main, tenait une gaufre épaisse. J'ai senti alors une puissante odeur de cannelle qui s'est aussitôt mêlée à celle de l'acier qu'exhalaient les châssis surchauffés du train.

J'avais noté dans un carnet l'adresse des Kafka : rez-de-chaussée du palais Kinsky sur l'Altstädter Ring.

Je ne connaissais pas la ville. J'avais très soif. J'ai peiné à trouver un café ouvert car ce mercredi-là était un jour de grève. Je me suis assise à une terrasse, rue Wilsonova, à proximité de la gare, et j'ai commandé une limonade.

Installée à l'ombre d'un store vert qui devait donner à ma figure cireuse une drôle de teinte, j'ai demandé en allemand mon chemin à une jeune femme. Elle était attablée à côté de mon guéridon avec son amoureux. Elle portait une robe jaune paille et des gants bleu dragée. Elle a semblé avoir peur en me voyant et cela m'a vexée. (Certes le voyage depuis Berlin avait été long, je n'avais presque pas dormi, mais tout de même, l'incapacité des gens à maîtriser les muscles de leur visage était sidérante.) Elle avait le front plissé et les lèvres pincées quand elle m'a dit, en pointant du doigt le fleuve gris, que l'Altstädter Ring était là-bas, après le pont, à proximité de la cathédrale du Tyn. Elle a dû deviner à mon accent allemand que j'étais étrangère. Elle m'a tourné le dos et s'est remise à parler à son amant, en chuchotant je ne sais quelle niaiserie au garçon à la marinière, qui, maintenant que j'y repense, avait des airs de garçon boucher. Quand je les ai entendus rire, j'ai sorti un poudrier de mon sac à main : j'avais effectivement très mauvaise mine.

Je m'appelle Luce Notte. D'origine italienne, ma mère, Philippa, vivait dans le quartier de Kreuzberg à Berlin. Je porte son nom. Elle est morte le jour de mes dix-huit ans. Sur son lit de malade (un chancre lui dévorait le foie), elle m'a suppliée dans une crispation atroce du visage de retrouver mon père, afin qu'il sache. – Qu'il sache quoi ? ai-je murmuré sans oser la regarder car son masque de haine me faisait peur. – Qu'il sache à quoi ressemble le visage de sa fin, ma fille.

Je restai interdite.

En cette nuit de novembre 1907, ma mère venait de me damner. Elle m'enjoignait de poursuivre un homme qui avait fui aux premiers jours de ma naissance et dont je ne connaissais même pas le nom. Un homme peut-être déjà mort, mais que j'allais croire reconnaître dans les autres. C'était un ordre fou. À cause de l'injonction lancée au creux des draps, allais-je passer mon existence à rechercher des individus pouvant ressembler à mon géniteur pour les accompagner d'une manière ou d'une autre dans leur marche vers le trépas ?

J'ai été élevée par Luigi Bono, immigré italien lui aussi, et compagnon de maman. Elle n'a jamais souhaité l'épouser, bien qu'il n'ait cessé de la demander en mariage. Luigi avait un bec-de-lièvre – qu'il cachait sous une épaisse moustache – et de beaux yeux clairs. Il était ébéniste. Ses vêtements sentaient la sciure de bois et la cire. Il buvait trop et adorait faire la cuisine de son pays en hommage à maman. Les plats de pâtes et les gâteaux au citron. Luigi m'aimait comme sa propre fille. Il m'enseignait à connaître l'âge des arbres en comptant les veinures des planches débitées. Le dimanche, il m'emmenait pêcher la carpe au lac de Tegel plutôt que d'aller à la messe. C'est à lui que va mon affection. Mon amour même. J'ai toujours su qu'il n'était pas mon père. À ce sujet, ma mère a levé le voile très tôt. Elle a eu raison. Les enfants veulent être aimés, c'est tout.

Mais quand j'ai approché de l'âge adulte, les choses se sont compliquées pour moi (à l'instar des paysages, des mots, des visages) et j'ai exigé d'en savoir davantage. Philippa ne m'avait livré que très peu d'informations concernant le coureur de jupons qui l'avait séduite sur les bancs de l'université pour l'abandonner dès qu'il fut question d'un bébé, et donc d'un mariage.

De ce père, je n'ai en ma possession que des données contradictoires et une photo déchirée. Les narrations de ma mère à son sujet ont toujours été étiques : elle se contentait de me répéter qu'il était grand lecteur et hypocondriaque. Concernant la fameuse photographie que j'emporte toujours avec moi (pliée en quatre dans une enveloppe que je glisse dans mon sac à main avec mon poudrier), il s'agit d'un cliché pris par maman devant l'église du Souvenir à Berlin. Mon père pose, appuyé sur une canne en ivoire, qui lui donne davantage des airs de dandy que d'infirme. Il semble émoustillé par la femme qui devait se tenir à côté de lui, car dans le coin droit de l'image, découpé aux ciseaux, on distingue les franges d'un châle blanc. Le carton sépia montre un homme brun qui me semble être de grande taille. Mais aucune échelle n'est vraiment déductible à cause de la découpe. Il s'agit d'une intuition, ou plutôt d'une envie : j'ai envie de me dire que mon père est grand. Ses mains sont longues et fines comme celle d'un pianiste. Là encore, je préfère la comparaison avec le pianiste à celle du pêcheur de sardines qui a peut-être lui aussi les doigts très longs mais couverts d'écailles et de mucus. Entre l'index et le majeur de la main gauche, il tient une cigarette. (Il doit donc être gaucher.) Sans doute est-ce pour cette raison que j'ai toujours aimé les hommes qui fument et que je me suis mise à fumer moi-même très jeune. À l'école, j'ai longtemps essayé d'écrire de la main gauche pour faire comme lui, donnant à mes cahiers le relief calligraphié des catastrophes. J'ai fini par renoncer à cet héritage également, l'exaspération des institutrices m'y forçant. Sur la photo, celui que je continue à appeler *mon père* porte un costume sombre et une cravate-jabot qui va bien avec sa raie sur le côté et les boucles de ses cheveux luisants de gomme. Il est très mince, légèrement voûté. Il arbore une petite moustache. Sa peau est mate. Aussi, je suppose que ses yeux sont noirs. L'arc de ses sourcils est si parfait qu'on les dirait épilés. Il y a quelque chose de légèrement féminin dans ce visage. Les pommettes hautes sans doute. La bouche en forme de cœur très certainement. Bien qu'Allemand natif de Klagenfurt, mon père a bizarrement le type arabe ou andalou. À la boutonnière de sa veste, il a piqué un lys.

À la mort de maman, je suis entrée à l'université Humboldt de Berlin. Je rêvais d'écrire une thèse. Or, fille et pauvre, mes chances de devenir docteur *ès lettres* étaient minces. Grâce aux notes obtenues au baccalauréat et à une mention spéciale concernant les résultats en langues étrangères, j'ai bénéficié d'une bourse d'études. La manne financière a permis à ma mère d'accepter l'idée baroque que je ne travaillerais jamais comme secrétaire dans un bureau de change ou autres administrations fleurant bon l'aliénation, mais que j'allais devenir une *intellectuelle*. C'était une première dans cette famille de culottières : comme sa propre mère, Philippa avait passé son existence à coudre les frocs des hommes quand eux les faisaient tomber pour la prendre. Ma nouvelle situation l'a donc aidée à mourir dignement avec cette rage au cœur, puisée dans la certitude qu'elle serait vengée par une fille ayant eu la chance de réaliser ce que sa vie d'humiliations n'avait pas permis.

J'étais une étudiante enragée. Mon propre zèle me causait vertige et nausée. Spectatrice de moi-même, je me voyais recouvrir des carnets entiers de notes exemptes de ponctuation sans comprendre quel démon intérieur me possédait. Ce que je saisissais néanmoins était que je détestais les bornes syntaxiques et géographiques. J'écrivais et je voyageais. Je travaillais chez les gens comme bonne pour financer mes études. Je ne restais jamais longtemps chez ceux qui m'employaient. J'aimais le mouvement.

L'année de mon entrée à l'université, je suis partie vivre chez la sœur de maman, tante Mina, car Luigi s'était mis à boire davantage encore, et même s'il me témoignait toujours autant d'affection, la vie à ses côtés était devenue aussi triste que difficile. Il arrivait à tante Mina de recevoir des nouvelles de mon père. Elle le haïssait presque autant que sa sœur, pour des raisons qui m'échappaient. Quand elle me parlait de lui, elle affichait tant de dépit que j'ai fini par penser qu'il s'était passé quelque chose entre eux. Je visais juste. Un dimanche où je n'étais pas allée à la messe – sans doute en hommage à Luigi, anéanti par une cirrhose et dont j'avais appris la mort récente –, j'ai retrouvé des lettres qu'elle lui avait écrites sans les avoir postées. Les enveloppes n'étaient pas cachetées. Les courriers recelaient une hystérie sans nom. À la lecture de leur contenu, j'avais bien compris qu'il s'agissait de lui mais jamais elle ne le nommait : elle ne s'adressait au père fantôme qu'en employant des noms d'oiseaux comme *toi, le monstre. Toi, le méchant homme. Toi, l'infâme.* Sur les enveloppes pas de patronyme non plus, mais des adresses calligraphiées à l'encre grise indiquant des noms de rues ou d'impasses à Paris, Londres, Prague, Madrid, Budapest, Lisbonne. Un tour complet du Vieux Monde.

Sans avoir beaucoup d'admiration à l'endroit de ce père, je comptais bien pourtant m'inspirer de lui pour une chose : les voyages. Ce fut par l'entremise d'une amie dentellière que j'eus vent d'un poste à pourvoir chez les Kafka. Elle m'avait mise en relation avec le père, qui était propriétaire d'un commerce d'articles de fantaisie à Prague. J'expliquai donc par lettre à Hermann Kafka que je souhaitais me rendre en Bohème pour mes recherches, parce que j'écrivais une thèse sur les bibliothèques, que celle de Prague s'imposait, mais que je devais aussi travailler pour financer mes études. J'avais indiqué dans le courrier que je savais tenir une maison et préparer les repas.

Vers la mi-juin, j'ai reçu une réponse à ma lettre. Hermann Kafka m'informait que sa bonne, Anna, allait s'absenter, car elle attendait un bébé. Il fallait quelqu'un à demeure pour aider Julie, son épouse, lui n'en ayant pas le temps en raison du travail au magasin. Il me précisait qu'il était le père de quatre enfants : Franz, l'aîné, jeune docteur en droit entiché de littérature, s'ennuyant dans une compagnie d'assurances. Il avait ajouté qu'il espérait que la rigueur bureaucratique détournerait ce fils de ses *fantaisies littéraires,* puisque le jeune homme entendait publier des livres. Suivaient quelques lignes indigentes au sujet des trois sœurs, Gabriele (Elli), Valérie (Valli), Ottilie (Ottla). La cadette était une *diablesse.* La plus grande, déjà mariée, lui avait donné un petit-fils. Quant à Valli, elle ne lui posait pas de problème particulier. Le bonhomme avait jugé utile de spécifier que Franz avait fréquenté le lycée allemand de la ville, l'aînée l'école privée de Schönborn, et que les cadettes avaient été inscrites à l'école municipale de la rue Masné, sans doute pour conclure qu'il s'agissait d'une excellente éducation dans tous les cas.

Comme je viens de le dire, mon père était un amoureux des livres. D'ailleurs, lors de sa fuite, il est parti avec le contenu de notre bibliothèque – mes parents possédaient pour seul trésor quelques *volumens* rares du siècle passé : poèmes de Goethe, romans de Novalis, essais de Fichte – n'abandonnant à Philippa qu'une vieille paire de chaussures, un costume élimé et sa canne en ivoire, la vigueur de ses jambes lui étant miraculeusement revenue au moment de prendre la poudre d'escampette. Il fallait donc retrouver les livres volés. Et bien qu'elle fût au départ purement fortuite, ma rencontre avec Franz allait prendre des allures de coïncidence supérieure, une fois que le jeune juriste égaré en littérature aurait embrassé son destin.

La première fois que je l'ai vu, le matin de mon arrivée à Prague, je l'ai trouvé sombre à souhait. Bien que l'encre ne tachât ni ses doigts ni ses poignets de chemises, il avait cet air mystérieux que j'étais venue chercher en Bohème, dans une ville où avait séjourné mon père si je m'en tenais aux courriers cachés de tante Mina. En m'ouvrant la porte de la maison, il m'a dit qu'*il m'attendait.* Ayant déjà à cette époque la tentation de toujours vouloir tout interpréter, l'aveu a sonné de façon étrange. Alors qu'il n'était question que de politesse, j'y ai entendu la voix du destin. J'étais alors une jeune sotte romantique, très impressionnable.

Les sœurs et les parents étaient sortis. Un déjeuner de *bar mitzvah* qui s'éternisait de l'autre côté du fleuve chez Edmund Stein, le comptable d'Hermann, dont le fils aîné venait d'avoir treize ans. Très brun, le visage de Franz était d'une douceur inquiétante. Les fentes grises des yeux striaient ses pommettes saillantes et leurs lames s'effilaient vers un front immense sur lequel tombait une mèche d'un noir de jais. Ces encoches des yeux sur la peau lisse et luisante m'ont fait penser aux branchies d'un grand poisson et la chevelure devenue bleue dans la pénombre à du varech. L'étrange garçon portait un costume en velours anthracite beaucoup trop chaud pour la saison et son long corps maigre légèrement voûté se diluait sous le vêtement. Seuls le col blanc immaculé de la chemise ainsi qu'une écharpe de soie claire ressortaient de cette nuit, détachant la tête de l'ensemble, laquelle tête flottait au milieu du vestibule d'entrée telle une méduse.

Franz tenait sous le coude un parapheur en toile noire. Il s'est excusé de me recevoir aussi mal et de ne pas être venu me chercher à la gare – Je suis en retard dans mon travail à la compagnie d'assurances. Les accidents du travail, vous savez, c'est épouvantablement ennuyeux et cela prend un temps fou. J'ai souri sans rien lui répondre et lui ai serré la main. J'avais les doigts collants à cause de la limonade. Il a dû s'en rendre compte, puisqu'il m'a gentiment proposé de me conduire au lavabo afin de me rafraîchir un peu.

Je l'ai suivi dans la cuisine où il s'était installé pour l'étude. – Je reste ici parfois quand je travaille pour la Compagnie. Je m'y tenais aussi pour la rédaction de ma thèse de droit. De cette façon, mon père me voyait occupé et me croyait investi dans des *affaires sérieuses*. En ce qui concerne ces *affaires sérieuses*, mais de mon point de vue cette fois, je préfère le calme de ma chambre.

Franz parlait lentement, comme s'il cherchait ses mots. Je laissai couler avec un plaisir non dissimulé un filet d'eau glacée sur mes doigts et je lui ai demandé quelles étaient ces *affaires sérieuses*. – La littérature, m'a-t-il répondu. La littérature. Il n'y a qu'elle, en vérité. Puis il n'a plus parlé du tout. Il a baissé les yeux en direction de la tomette piquée de pelures d'oignons et il a voulu savoir quel était le livre que je lisais alors. Je regardais par la fenêtre du rez-de-chaussée, dans le cadre de laquelle passaient les chapeaux melon des piétons sur le quai. Les chapeaux semblaient flotter dans les airs car le mur de la cuisine cachait les corps de leurs propriétaires. Devant ce singulier défilé, j'ai pensé non au livre que je lisais effectivement (*Les Âmes mortes* de Gogol) mais au livre que j'aurais aimé lire et que ces couvre-chefs sans corps m'évoquaient. Alors j'ai répondu – *Oblomov*, d'Ivan Gontcharov. – Pourtant, dans le livre de l'auteur russe, le héros porte un chapeau haut-de-forme, non un chapeau melon, a rétorqué Franz en montrant du doigt le spectacle de la rue. Ainsi il avait deviné que j'avais menti et que cette réponse m'avait été dictée par la vue de l'étrange procession. J'étais impressionnée par la prescience de Franz qui, amusé par mon mensonge, en a conclu qu'il n'existait rien de plus fantastique que la réalité elle-même et que la fiction du romancier ou l'élucubration de la jeune fille au pair démarraient toujours sa pousse sur un arpent de trottoir.

Puis le spectacle du réel et de ses décollés a fini par indisposer Franz, qui a brusquement tiré les rideaux. Nous étions dans le noir. Sa voix est devenue aussi tamisée que l'air, une voix de souffleur sous les tréteaux d'une scène. Une voix de souterrain :

Je reviens de Weimar où j'ai passé le mois de juillet avec Max.

Max ?

Max Brod. Le meilleur ami du monde. Un complice de chaque instant. Il m'encourage, me soutient. C'est lui qui a insisté pour que j'envoie mon premier manuscrit. Je n'osais pas. Je le trouvais mauvais au point d'avoir envie de le brûler. *Contemplation.* C'est le titre du livre. Je l'ai posté aux éditions Rowohlt le 14 août. Ce matin, l'éditeur m'a retenu plus d'une heure au téléphone. Il semble intéressé. C'est la vraie raison pour laquelle je ne suis pas venu à la gare pour vous accueillir. Vous ne m'en voulez pas ?

Non. Et puis j'ai fini par vous trouver.

Il le fallait.

Quoi donc ?

Que vous me trouviez.

Notes prises à la bibliothèque Clementinum de Prague

selon Strabon tous les bâtiments de la grande bibliothèque d'Alexandrie communiquent entre eux ainsi qu'avec le port et avec ce qui se situe au-delà du port le *Mouseion* le péripate l'exèdre et la salle commune où les philologues dînent ensemble forment le cœur de la bibliothèque cette fondation religieuse placée sous l'autorité des Muses garantit le génie littéraire philosophique et scientifique de la cité il s'agit d'une université sans étudiants un centre de lecture et de recherche dirigé par le tyran Démétrios de Phalère une activité intense consacrée au travail de traduction d'édition critique et de copie se déploie dans ce lieu unique au monde la bibliothèque d'Alexandrie devient ainsi la plus grande maison d'édition de l'Antiquité un fabuleux acheminement de manuscrits se déploie du port vers l'intérieur des terres Vitruve parle d'une collection rassemblant une infinité de livres parmi eux des textes bouddhiques zoroastriens et une traduction de la Septante quand la bibliothèque brûle disparaissent d'innombrables manuscrits originaux le *Corpus* d'Hippocrate étudié par Galien l'original de la *Torah* toutes les versions des textes d'Homère non répertoriées par

Zénodote les tragédies d'Athènes Lucain rapporte que l'incendie se répand dans d'autres parties de la ville les bâtiments situés près de la Méditerranée s'embrasent à leur tour le vent marin attise le brasier et les flammes atteignent la vitesse des météores c'est la fin d'un monde en somme un désastre une apocalypse en 48 av. J.-C. la grande bibliothèque d'Alexandrie n'est plus qu'un tas de cendres quand Sénèque et Plutarque accusent César l'amant de Cléopâtre d'être le responsable de cette catastrophe où entre 40 000 et 700 000 ouvrages ont été anéantis d'autres auteurs choisissent de se taire pour épargner la mémoire de l'empereur ainsi Cicéron garde le silence Tite-Live égare malencontreusement son livre CXII et Strabon qui a tout vu ne dit rien

La sangsue – Prague, février 1914

Mon service chez les Kafka a pris fin le 11 février 1914 au retour d'Anna. (Je reviendrai plus loin sur les détails de mon séjour praguois. Je ne veux m'attacher ici qu'aux souvenirs de certaines *transitions* et ne me confesser qu'au sujet d'une faute majeure.)

Anna, la bonne, s'était absentée beaucoup plus longtemps que prévu en raison d'une grossesse difficile et de la santé désastreuse du bébé, qui l'avait obligée à rester des mois à son chevet. J'avais donc disposé de tout le temps nécessaire pour m'habituer aux colères d'Hermann ainsi qu'au rythme curieux que ses sautes d'humeur imposaient au palais Kinsky. Le prétentieux bâtiment néobaroque de trois étages, flanqué de piliers monumentaux, de frontons triangulaires et de quatre panneaux agrémentés de baies ornées de bas-reliefs, redevenait étrangement calme quand l'ogre se tapissait au magasin d'articles de fantaisie. Située au rez-de-chaussée, la boutique était percée de deux fenêtres toujours éclairées en rouge. Son entrée affichait ainsi des allures infernales quand le reste du bâtiment semblait un purgatoire, la demeure triste de quelque princesse cloîtrée attendant le retour de la Barbe bleue dans la crainte de nouvelles colères aussi violentes qu'imprévisibles. Le Palais avait des yeux qui me surveillaient sans cesse : le toit, hérissé de cheminées, était encadré par deux énormes œils-de-bœuf. Ma chambre se situait là, cernée par l'une de ces terrifiantes pupilles. Et puisqu'il m'était interdit de pénétrer dans les combles attenants à l'autre orbite, la maison des Kafka m'apparaissait tel un cyclope, un monstre borgne, où quelque chose manquait.

J'allais chercher des débuts de réponses au cours de mes promenades dans la ville en compagnie de Franz. Ce temps volé à mon service de bonne, je le devais à la bienveillance de mon jeune ami, qui n'avait cure des hiérarchies, ainsi qu'à l'indifférence que son père me portait tant que le dîner était servi à l'heure et les draps toujours frais. Franz et moi gagnions donc le plateau de la Letna au printemps. L'hiver, nous nous rendions à la patinoire et nous glissions sur la glace, en écoutant l'orgue de Barbarie. Il m'invitait aussi au Théâtre national et, là encore, ce temps clandestin m'emplissait de joie. Je l'y suivais une fois qu'au Palais tout était en ordre, avide du bonheur que la nuit allait m'offrir, nuit qui balaierait la banalité de ma journée par ses formes et ses mots. Franz me disait que le théâtre avait toujours beaucoup compté pour lui car, enfant déjà, il écrivait des pièces pour l'anniversaire de ses parents puis mettait ses sœurs et sa bonne en scène. J'ai voulu savoir ce qu'étaient devenues ces petites pièces. Il m'a répondu qu'il n'en restait rien[1].

Au Palais, j'ai longtemps tourné autour d'un des petits cahiers reliés de toile sombre où Franz griffonnait le soir avant le dîner. Dans sa chambre, il y avait beaucoup de cahiers semblables, posés sur son bureau ou sur les rayonnages de sa bibliothèque. Mais c'était ce petit cahier-ci qui m'intriguait, parce qu'il y revenait de façon rituelle, quasi maniaque, et la magie de la cérémonie était amplifiée par la certitude que ce texte était écrit pour moi. Il fallait donc que je le vole. Que je possède un inédit du jeune auteur. Que j'emporte avec moi une prose fantôme, dont je serais la seule à connaître l'histoire, mais qui me conférerait l'aplomb de celle qui détient le sens de la lettre restée muette, le pouvoir de celle qui garde la clef des limbes, la magnanimité de celle qui – étant la fille de Personne – possède un livre résumant le mystère de toutes les bibliothèques du monde venu se concentrer dans une prose spectrale, raptée, anonyme.

Un matin, j'ai pris le carnet relié de toile sombre et je l'ai caché dans ma valise sous ma chemise de nuit. Voici donc ma faute, ma très grande faute.

Je suis une sangsue.

Le matin de mon départ, Franz prenait son café dans la cuisine. Il m'en avait préparé une tasse. Il semblait gêné. Il m'a tendu une enveloppe cachetée, où son père avait glissé mon solde. – Mon père vous remercie. Il a dû partir à l'aube pour une livraison. Il m'a ordonné de vous laisser dormir. Ce n'était pas dans les habitudes d'Hermann Kafka de me ménager : s'il ne m'avait pas fait réveiller, c'était pour éviter d'avoir à me saluer. Franz en était bien conscient et je l'ai vu rougir.

J'ai avalé ma tasse de café noir. J'entendais les pas d'Anna qui avait commencé à faire les chambres. Je n'avais pas envie de la croiser avec son zèle de revenante et sa mine satisfaite de jeune mère épanouie. Alors j'ai demandé à Franz si je pouvais disposer. Il m'a proposé de m'accompagner à la gare.

Il portait ma valise – où était caché son manuscrit volé – et s'est enquis de ma destination. Je lui ai répondu que je me rendais à Paris dans le but de poursuivre mes recherches à la Bibliothèque nationale de France. J'ai ajouté que je comptais ensuite m'installer durablement dans cette ville qui m'avait toujours fait rêver, à l'instar des auteurs français que je lisais dans le texte depuis le lycée. À Paris, je rêvais d'ouvrir un jour une petite librairie, où je vendrais les livres chers à mon cœur, des livres dans toutes les langues. En attendant, j'allais, le temps de mes études, occuper une chambre au Foyer international des étudiantes dans le Quartier latin[2]. Durant cette période, je donnerais des cours d'allemand, ce qui suffirait à l'organisation économique de ma vie de bohème. La perspective de cette nouvelle existence m'excitait autant qu'elle m'inquiétait. Et puis j'étais triste de quitter Franz, sa chambre, ses cahiers de toile noire, ses rêves. Mon ami m'a alors juré qu'il me rendrait visite à Paris avec Max. Or ses mots ne m'ont pas consolée : je n'ai pas cru à sa promesse.

Mon train était à quai. Franz m'a aidée à monter dans la rame. Il portait toujours ma valise et l'a hissée sur les tringles en laiton du porte-bagages. Il m'a dit sur un ton de complicité suave et sèche – c'était très étrange, sa voix, on aurait dit le sifflement d'un grillon – que ma valise était bien lourde. À ce moment, j'ai pensé qu'il savait que je lui avais volé son cahier. Tout à coup, une lumière blanche, foudroyante comme un flash de magnésie, a incendié le compartiment. Celui-ci était vide. Franz a dit – Il y a de la place. Je pourrais m'échapper avec vous, ce serait épatant, non ? Et nous irions où il y a beaucoup de soleil, jusqu'en Afrique. Nous avons ri de bon cœur, parce que nous savions que c'était impossible, que le train s'arrêtait bien avant la mer et que nous allions nous quitter là, au seuil d'un rêve éveillé, formulé dans l'incandescence menteuse de nos vœux impossibles. Alors il m'a serré les deux mains, en les prenant dans les siennes (j'ai senti qu'il avait hésité à m'embrasser) et, en toussant, il m'a dit qu'il ne m'oublierait pas. – Je reviendrai vous voir, lui ai-je alors promis. Ce fut à lui d'avoir un sourire triste : il ne croyait pas à mon serment.

Je me suis penchée à la fenêtre du compartiment pour le voir. Il semblait tout petit. Les deux jambes plantées sur le quai, les épaules rentrées, sa silhouette sombre et hiératique dessinaient la lettre **ת**[3]. Le train a démarré. La lettre a commencé à rétrécir. Plus je prenais de la vitesse et plus la lettre devenait minuscule dans les panaches de fumée crachés par la locomotive. Bientôt elle n'était plus qu'un point et j'ai abandonné Franz sur cette page de ma vie. Je glissais. Ailleurs.

Paris. Gare de Lyon. Trois des horloges du beffroi indiquaient 7 heures. Les aiguilles du quatrième cadran s'étaient arrêtées sur 5 h 30. J'expérimentais moi aussi une sorte de contretemps : mon corps était déjà parisien et mon esprit encore praguois. La ville grouillait sur la place Louis-Armand. La capitale semblait ouverte sur le monde. Cette sensation de liberté était inédite car avec son climat continental et ses plateaux Prague m'avait toujours procuré une impression d'enfermement. Contre toute attente, j'éprouvais la nostalgie de cette claustration, à présent confrontée à l'immensité d'une ville inconnue qui m'aspirait et me faisait peur. Si Prague m'avait piqué la moelle, Paris m'éviscérait. La Bohème obéissait à un principe aigu, tandis que la nouvelle Lutèce m'imposait une réalité ronde, énorme, semblable aux globes et astrolabes du Siècle d'Or.

Boulevard Diderot. Ça sentait le charbon de bois et la pierre – cette belle pierre blanche propre aux immeubles cossus. La fragrance minérale ressemblait à celle que je respirais à Prague, avec en plus cette dose de lumière haussmannienne qui en exacerbait l'odeur poudreuse, au point qu'il me semblait avancer dans un magasin d'onguents. À Paris, j'ai donc commencé à m'enfoncer dans la ville inconnue en procédant par simples suppositions. Vu que je ne connaissais rien à cette portion du continent, territoires perdus dans ce qui était pour moi le *Grand Ouest*, je me rattachais à des souvenirs quasi orientaux, en effectuant dans un premier temps des comparaisons, puis je soustrayais à mon sentiment tel ou tel ancien principe qui ne pouvait plus coller à ma nouvelle réalité et j'y additionnais quelque supposition abstraite glanée dans les livres relatifs au *Nouveau Monde* qu'à présent j'avais devant les yeux et sous les pieds.

Plusieurs fois j'ai manqué de tomber à cause de l'irrégularité des pavés qui tapissaient les rues. Je marchai vite jusqu'à la place de la Bastille, à travers les tranchées de la ville, car j'avais peur. J'étais prise en chasse par les bouchers, auxquels les frocs beiges maculés de sang donnaient des allures d'infirmiers de guerre. Me terrifiait aussi la parade des garçons boulangers, visages et mains farineuses, harnachés à d'énormes corbeilles en osier garnies de pains oblongs tels des obus. Rangées en bataillons de harpies, les mouettes du bassin de l'Arsenal rayaient le ciel blanc et sifflaient au-dessus de ma tête pour foncer en piqué sur les viscères de poissons qui rougissaient les quais du canal Saint-Martin.

Afin d'échapper à la mitraille de toute cette faune, j'ai sauté dans l'impériale qui stationnait devant le café Français. Elle allait me conduire au Foyer des étudiantes boulevard Saint-Michel. M'arrachant à l'anarchie matinale de la rive droite, l'impériale a filé boulevard Henri-IV jusqu'au pont d'Austerlitz et a traversé la Seine. Rive gauche, j'ai vu les grilles du Jardin des plantes et ses loups faisant les cent pas dans leur enclos, les silhouettes des dinosaures installés derrière les grandes baies vitrées du Muséum d'histoire naturelle de la rue Buffon, les arènes de Lutèce, le dôme du Panthéon en haut d'une impasse à degrés sur ma gauche. La rue des Écoles était déserte et toutes ses échoppes closes. Cette partie de la ville dormait encore. Manque de sommeil, accélération, décélération, creux et bosses de la chaussée : j'avais mal au cœur et l'odeur de salpêtre qui planait aux alentours de la Sorbonne n'arrangeait rien. L'impériale a ralenti devant la fontaine Saint-Michel, où un ange terrassait un dragon dans une vasque à sec. Place Saint-André-des-Arts, une vieille dame lançait du pain aux pigeons, un marchand de quatre saisons disposait avec soin betteraves et bouquets de jonquilles sur le présentoir de sa carriole, un maréchal-ferrant bouchonnait son bourrin, attelé à une charrette de bois de chauffage.

L'impériale a fait halte devant les jardins du Luxembourg, en bas de la rue Soufflot. Je suis descendue et j'ai traîné ma valise boulevard Saint-Michel jusqu'au numéro 93 pour trouver le Foyer international des étudiantes. Le monumental bâtiment de six étages ressemblait autant à une caserne qu'à un couvent, ma perception de l'imposante bâtisse ayant durant cette période dépendu de mon humeur, oscillant entre le martial ou le mystique. L'entrée se faisait par une porte en bois sculptée, ornée de ferronneries orientalisantes et flanquée de deux grosses lanternes de formes mauresques elles aussi. Je n'avais pas plus tôt pressé le bouton en cuivre de la sonnette qu'un corps a surgi de l'ombre. Sans me regarder ni m'adresser un mot de bienvenue, le corps m'a jetée dans le hall qui empestait l'humidité.

Une femme pleurait à l'étage.

Il y a eu une coupure de courant. Sans me voir, Mme Irène – car le corps qui m'avait empoignée sur le seuil était celui de la directrice – s'est mise à me parler de choses très pratiques concernant la vie des jeunes filles au foyer. Lever et toilette à

6 heures. Petit-déjeuner à 6 h 30. Ouverture de la bibliothèque à 7 heures. Déjeuner à midi. Réouverture de la bibliothèque de 14 heures à 18 heures. Dîner à 19 heures. Étude à 20 heures. Coucher à 22 heures. Interdiction formelle de faire pénétrer dans l'enceinte du foyer des personnes extérieures et en particulier des individus de sexe masculin. Les visites des familles étaient autorisées le samedi et le dimanche, et les rencontres se faisaient exclusivement au salon entre 15 heures et 18 heures. Le courrier était à retirer auprès de Mme le censeur, dont la loge était située au rez-de-chaussée en face du patio qui donnait sur un petit jardin, où il était autorisé de se rendre pour lire les jours de beau temps mais en aucun cas pour fumer. Les boissons alcoolisées pas plus que le tabac n'étaient tolérés dans l'établissement. Les pensionnaires devaient faire elles-mêmes le ménage de leur chambre ainsi que laver leur linge dans les vasques des douches communes le dimanche. Les latrines se trouvaient au fond de la cour intérieure.

Quand la lumière est revenue, j'ai vu que Mme Irène regardait ses pieds. C'était une femme grande, maigre, sans âge. Sa voix était beaucoup plus dure que son visage, qui semblait bon. Je me suis même dit qu'un jour il avait dû être beau.

Le hall s'est soudain rempli du caquet rieur des pensionnaires qui sortaient de la bibliothèque pour aller déjeuner au réfectoire. Mme Irène a frappé trois fois dans ses mains pour réclamer le silence, puis elle m'a dit fièrement que ces demoiselles étaient toutes inscrites dans les universités et grandes écoles du quartier : Sorbonne, École des beaux-arts, École de physique-chimie, Institut des langues. Elle a ajouté qu'elle avait à cœur de participer à l'émancipation de ces jeunes filles, que les temps changeaient et qu'elle s'en trouvait ravie.

Mme Irène m'a indiqué le chemin de ma chambre. Sous les combles. Elle m'a précisé que j'avais de la chance car je l'occuperais seule et y serais plus au calme que dans les dortoirs des étages. Elle m'a confié mes clefs, puis m'a laissée.

La chambre de bonne qu'on venait de me vendre comme un miracle de confort s'avérait être minuscule et sans jour. La lucarne était couverte de fientes et ne laissait passer qu'un halo jaune qui dessinait un petit rectangle sur la tomette orange. Les murs étaient recouverts d'un papier peint rose qui gondolait. Dans l'unique pièce où j'allais demeurer le temps de mes recherches à la Bibliothèque nationale, il y avait un lit en fer, un bureau, trois étagères, un dictionnaire et un poêle à charbon hors d'usage dont le conduit d'évacuation manquait, laissant au mur un trou béant, auréolé de suif.

Mon premier geste a été d'ôter sa taie à l'oreiller posé sur le lit, d'en faire une boule, puis de boucher ce trou noir avec le morceau de linge blanc.

Mon second geste a été de ranger mes livres sur l'étagère, en mettant bien en évidence l'édition allemande des *Frères Karamazov,* afin de pouvoir en contempler la couverture, dont le filigrane montrait le profil d'Alexeï Fiodorovitch. Le portrait stylisé du père n'avait nécessité que quelques coups de crayon. Cependant, par sa simplicité même, le dessin suffisait à montrer tout ce que recelait l'âme de ce patriarche atroce qui considérait ses quatre fils comme des cafards. Je suis restée un instant immobile à observer les quelques lignes entortillées du portrait, qui cernaient de façon virtuose la parfaite abjection du personnage. Puis sans prendre le temps de sortir mes vêtements de leur valise, j'ai inspecté mon matelas pour vérifier que ne s'y logeaient ni puces ni punaises, et j'ai jeté un coup d'œil au sommier pour constater que ne s'y dissimulaient pas d'araignées. Une fois rassurée, je suis ressortie.

Je fume beaucoup (des petits cigares) et j'ai besoin de me fournir régulièrement en tabac. Après avoir pris mes quartiers au foyer, ma seconde entreprise a été de partir à la recherche d'un bureau de tabac. J'ai erré un bon quart d'heure rue de Vaugirard, le long des grilles du Luxembourg. Mon manque était tel que j'en oubliais d'admirer les silhouettes hivernales des arbres centenaires du jardin, conçu par le jardinier de Catherine de Médicis. Les riches façades en pierre de tuffeau des hôtels particuliers me laissaient indifférente. J'étais au bord de la crise de nerfs. Heureusement, j'ai fini par dégoter un établissement, Le Petit Suisse, juste à côté du théâtre de l'Odéon, qui vendait la précieuse substance que je cherchais. Je me suis précipitée au comptoir et j'ai passé commande : deux paquets de petits cigares bruns et un café au lait. Le garçon m'a dit de m'asseoir et qu'il allait m'apporter tout cela.

Je me suis installée dans la mezzanine, tapissée de boiserie sombre, de cuivre et de miroirs. Le pan de mur attenant à ma table était couvert de photographies marronnasses, rehaussées de couleurs. (Les aïeux du propriétaire des lieux certainement.) Il y avait aussi une étagère où s'empilaient des missels. J'ai trouvé cela étrange pour un café quand j'ai réalisé qu'il flottait dans l'air comme un parfum de myrrhe. Les personnes sur les photographies devaient être mortes car leur pose et leur absence de sourire dénotaient un autre temps. Un couple de mariés déjà ridés sur le parvis d'une cathédrale. Un bébé joufflu très laid. Une première communiante tenant un cierge. (La jeune fille louchait.) Un soldat à cheval au cardigan hérissé de médailles et parfaitement grotesque. Des familles sur les quais de Seine en train de pique-niquer. Un fox à poil dur dans un cadre ovale.

En me tendant les cigares et le café, le garçon m'a demandé si je souhaitais manger quelque chose. J'ai hésité un peu avant de commander des tartines beurrées.

J'inhalais de profondes bouffées de tabac. J'y voyais enfin clair. Les visages sur les photographies me sont apparus soudain plus avenants. J'ai englouti les deux tartines qu'on venait de me servir avec le café au lait. En fait, je mourais de faim. Je souriais sans m'en rendre compte en savourant mon petit-déjeuner, sourire qui dû capter l'attention de mon voisin de table, qui fumait la pipe devant son café noir, servi avec un petit verre d'eau-de-vie. Il portait des lunettes rondes en écaille et un nœud papillon. (Encore un frère possible de mon père, ai-je pensé.) Une épaisse moustache couvrait sa lèvre supérieure. Il lisait lui aussi *Les Frères Karamazov*. Évidemment, cela m'a saisie et j'ai cru sur le coup que j'étais victime d'une hallucination autoscopique. L'homme a remarqué mon trouble à l'espèce de grimace que j'ai dû faire. – Le café n'est pas bon ? s'est-il inquiété. J'ai répondu qu'il ne s'agissait pas du café mais du roman qu'il lisait. – Vous n'aimez pas la littérature russe ? J'ai dit qu'au contraire je l'appréciais beaucoup et en particulier au travers de ce livre-là.

Il avait souligné quelques passages du roman au crayon. (Il devait être professeur car il était trop âgé pour être étudiant.) Puis il a tourné la tête vers moi et il a commencé à me dévisager. C'était très gênant. – Vous n'êtes pas d'ici, a-t-il remarqué. Je dis bien *remarqué* car cette fois il s'agissait d'une affirmation et non pas d'une question. Il semblait lire en moi. Alors j'ai baissé les yeux, très intimidée, et je lui ai dit que j'étais arrivée de Prague le matin même mais que ma famille était berlinoise. J'ai ajouté que je voyageais pour mes études. Il m'a alors demandé ce que j'étudiais, et quand je lui ai annoncé que j'écrivais une thèse sur les bibliothèques, j'ai vu ses yeux s'agrandir derrière le verre légèrement fumé de ses lunettes. Après il a bu cul sec le contenu de son petit verre d'eau-de-vie et s'est mis à me conter fleurette au sujet du roman russe. – *Kara* signifie *noir* ainsi que *vengeance* en russe. L'onction du noir et de la vengeance est ainsi transmise à la naissance par le père Karamazov à ses quatre fils. Toute la littérature russe se construit autour de cette histoire d'héritage. Voyez Tourgeniev et son *Père et fils*. L'intrigue du livre se résume à la question de savoir ce que font les fils de l'héritage odieux des pères. *L'Adolescent* de Dostoïevski file la thématique : comment se construit un fils qui n'a pas connu son père, homme monstrueux et défaillant ? La même chose avec *Platonov*, qui envisage l'absence de père comme phénomène social. Le poète Lermontov, quant à lui, maudit la génération des pères : Dès le berceau les erreurs de nos pères sont nos maigres acquis. Et ça continue comme ça sur des dizaines de vers. Comprenez-le, mademoiselle, la solidarité des enfants avec leur père dans l'héritage du péché est une abomination. On est solidaire dans la souffrance, dans la vengeance, mais pas dans le péché. Et à cause de l'onction du noir, Aliocha, le fils saint, au moment de mourir, pue, alors qu'un saint, quand il meurt, devrait naturellement embaumer. Ainsi, jeune fille, on vit avec nos propres crimes en tant qu'ils *existent* car ils sont ceux de nos pères.

— Alors j'existe, ai-je simplement dit. À mes mots, l'homme a éclaté de rire et s'est levé en me souhaitant de passer une belle journée *malgré tout.* Intriguée par les paroles de l'inconnu, je suis retournée au foyer en dégustant mes petits cigares français, qui valaient bien les tchèques. Une fois dans ma chambre, je me suis jetée de toute ma hauteur sur le lit. Les ressorts du sommier ont émis un crissement strident et mon corps a rebondi trois fois avant de s'immobiliser dans une sorte de torpeur délicieuse. J'ai attrapé le livre de Dostoïevski sur l'étagère. Je ne l'ai pas lu. J'en ai simplement admiré la couverture et, en scrutant le portrait, j'ai répété plusieurs fois : *J'existe, j'existe, j'existe.*

De l'ami (2) – Paris, nuit du 1er au 2 avril 1951

La librairie que je tiens rue des Écoles est l'une des manifestations flagrantes de ma capacité à brusquer le destin. J'ai dit que mon père s'était fait la malle, en emportant avec lui tous les beaux livres de l'appartement berlinois. Je suis parvenue à rassembler ici, à Paris, quelques fragments de la perte. Quant à l'irréparable, à savoir la disparition du fantôme, je dois avouer que la promesse faite à ma mère est restée lettre morte. Je dispose d'encore un peu de temps pour obéir à l'ordre de Philippa, mais je vieillis et toujours pas de spectre dans le viseur à qui demander des comptes. Force est de constater cependant qu'absence, colère et frustration permettent de construire des temples. Le mien mesure vingt-cinq mètres carrés, le jour y entre à peine, il sent le papier et le cuir, n'y communient que des étudiants et des bibliophiles habités par la manie d'un auteur mort, ayant assis sa gloire posthume sur quelques exemplaires en vélin numérotés que ces névrosés phosphorescents traquent dans les bacs des quais de Seine ou sur les rayonnages d'un antre comme celui dont je détiens la clef. Entourée de tous ces livres, il m'arrive de me dire que je suis une femme puissante. À d'autres moments, moins fastes, je repense au bûcher des vanités, dont j'ai respiré l'âcre fumet durant les années de thèse – et j'admets n'être que la gardienne d'un néant.

Il est plus de 20 heures. Il me tarde de fermer la librairie et de rejoindre l'appartement, rue du Pot-au-Fer, pour me préparer à dîner. Une part de tarte aux pommes et du vin aussi. Oui, ce sera bien. Dehors, il fait presque nuit. Je m'aperçois en pied dans la vitre de la devanture qui vient de se transformer en grand miroir à cause de la pénombre extérieure. J'arrange mes cheveux en désordre. Je porte le collier de perles de ma mère, unique bijou de valeur qu'elle possédât jamais et que dans son immense mansuétude mon père daigna lui abandonner au moment de sa désertion. Philippa me disait que si l'on ne portait pas ses perles, celles-ci se ternissaient et finissaient par mourir. Je pense que ma mère racontait n'importe quoi, mais cette pensée a fait son chemin et je me sens obligée d'arborer trois fois l'an ce collier – qui ne me va pas – dans le seul but de maintenir les perles en vie, à défaut d'être en mesure de tenir la promesse faite à la morte.

Il y a un homme devant l'étagère où sont rangés les livres des auteurs portugais. Ça fait un moment déjà qu'il renifle les rayonnages. Je l'ai remarqué tout à l'heure, avant qu'il n'entre, parce qu'il avait hésité à pousser la porte vitrée et qu'à sa mine penaude de badaud perdu sur le trottoir, j'avais pensé que cette journée interminable s'achevait enfin. Mais non, le type n'a pas renoncé à me gâcher mon début de soirée, il a surgi et à présent il inspecte ma réserve, courbé sur les livres, le nez collé aux tranches. Un myope, ou un maniaque, ou les deux. Je ne suis pas près de déguster ma tarte aux pommes ni de siroter mon fond de vieux pessac. Je m'impatiente. J'allume un cigarillo, histoire de bien enfumer la librairie et de le faire se carapater de mon terrier telle une perdrix de son nid. Il se rend parfaitement compte de mon exaspération à cause des soupirs que je pousse et espère le plus sonores possible. J'inspire, expire, fulmine. Les volutes bleues et l'odeur du tabac saturent l'air. Ce cirque ne le dérange pas. Au contraire, mon agacement manifeste l'encourage à poursuivre sa recherche car le voilà qui sort un ouvrage. Je reconnais l'*Antinoüs*[4] de Pessoa.

Foudre.

Je m'approche. Il se redresse, tourne la tête vers moi, le livre dans les mains. Un instant m'est nécessaire pour faire la mise au point, non à cause de la fumée mais en raison d'une émotion subreptice, d'un désordre intérieur que je ne m'explique pas. Il me faut quelques secondes pour percevoir les détails du visage comme la chose advient lorsqu'en été on reste trop longtemps au soleil et que, rentrant chez soi, le monde entier semble gris, fondu comme du plomb dans le souvenir de l'éblouissement du dehors. Ça y est : l'aveuglement s'estompe et je distingue son grand front bombé, couronné d'une chevelure d'un noir brillant coiffée en arrière. Il se tient de trois quarts et je remarque l'arête courbe d'un nez persan que l'éclairage électrique contribue à rendre expressionniste. Il a de petites oreilles, légèrement décollées, qui ressemblent à des palourdes. Les sourcils soyeux se rejoignent et leurs arcs souples encadrent des paupières un peu lourdes qui donnent aux grands yeux marron – ils ne sont pas noirs – cet air d'ennui vague, tombé dans la pupille des fumeurs d'opium. Les fins cils bruns dispensent un regard de femme maquillée au khôl, assorti à une bouche ourlée et boudeuse qui elle aussi semble peinte. L'homme me sourit. Ses dents sont blanches, bien plantées, et son sourire efface presque la petite moustache carrée au creux de la fossette située entre la lèvre supérieure et la douce pointe du nez. Sa silhouette est mince, légèrement voûtée.

L'œuvre de Fernando Pessoa vous intéresse ?

Je ne la connais pas. C'est pour ça que j'ai choisi ce livre : pour être surpris.

Vous le serez. Il s'agit d'un long poème écrit en anglais. Un hommage à l'amant de l'empereur Hadrien.

Un Portugais qui écrit dans une autre langue que la sienne et qui rend hommage à des amours interdites : le programme me plaît.

Il passe à la caisse. Me tend un billet. Je lui rends sa monnaie et j'enveloppe le livre dans du papier journal. Il glisse le paquet dans la serviette en chevreau qu'il porte non pas en bandoulière mais à l'épaule contre la hanche, comme le font les femmes avec leur sac à main. Puis de la main gauche – une main effilée aux attaches très fines – il craque une allumette et grille une cigarette sortie d'un boîtier en argent. – Voulez-vous encore fumer ? J'acquiesce. Il m'offre sa cigarette. Je pose mes lèvres là où il a posé les siennes et je lui dis que je m'appelle Luce Notte.

Mon dernier client de la journée vient de me proposer de sortir avec lui après la fermeture de la librairie. Sans trop savoir pourquoi, j'accepte de le suivre. Je ne connais pas encore son nom.

Nous marchons jusqu'au quai. L'ennui du jour mourant est d'une perfection extrême. Nous scrutons les creux intermittents que forment les courants du fleuve. La Seine est brillante. Jaune par endroits, là où l'eau stagne. Du quai, nous voyons des filaments d'algues se déployer tels des arceaux de polypes et de chancres. Dans l'air, à quelques centimètres de la surface que colorent des bulles crevant çà et là, roses ou violettes, pullulent des nuées de moucherons. Des grappes de cousins glissent sur l'eau gadouilleuse et leur beauté fragile présente une grâce répugnante. Des arcs de lumière sale zèbrent le ciel crépusculaire. L'air manque comme en été. Il fait anormalement chaud pour un jour de printemps. Les Parisiens attendent la pluie.

À présent le ciel a la couleur de l'encre diluée. Il ne pleut toujours pas. J'étouffe. Nous quittons le Quartier latin et marchons vers le nord de la ville. La pluie commence à tomber. À la faveur des réverbères nous voyons une première goutte, puis deux, puis trois venir s'écraser sur le pavé. Les auréoles présentent un diamètre de plus en plus large et les taches sonores envahissent la chaussée. Bientôt le sol brille tel un miroir mais d'un lustre racorni et malodorant car au contact de la pluie le sol tiède exhale des parfums d'urine et d'huile de vidange.

Je ne porte qu'une robe en jersey. Nous courons nous abriter sous un gros platane. Son feuillage dense et bas empêche la pluie ainsi que les lueurs de la ville de pénétrer son périmètre nocturne.

Je frissonne. La température a baissé d'un coup. – Vous n'êtes pas assez couverte, me dit l'homme sur le point de me prêter sa veste. Je fais un geste de la main pour lui dire de reculer. Il insiste. Son sourire est doux. Sa voix est belle, matinée d'un léger accent oriental. J'accepte.

Enveloppée de tweed, la chaleur m'envahit aussitôt. La douceur est accrue par l'odeur safranée qui imprègne le tissu du vêtement. (Est-ce le parfum de l'homme ou plus simplement celui de sa peau, de sa sueur ?)

J'ai vieilli. Mon père est sans doute mort depuis longtemps. Mais je le cherche toujours.

Pont des Arts. Le Louvre. Opéra. Place Clichy. Nous marchons vers le nord. Le ciel déborde. Cataclysme de la ville. Averse oblique dans la lumière électrique. Pavés gras de pluie entre lesquels s'obstinent à pousser des touffes de mauvaises herbes. Pissenlits, trèfles et chiendents. Les caniveaux enflent. Des rigoles d'eau noire dévalent l'avenue. Un chien maigre la traverse. La bête efflanquée a l'air perdu. Elle émeut l'homme qui se tient en bras de chemise à côté de moi. Il fixe la bête qui disparaît à l'angle de la rue Ordener, quand il me dit être comme ce chien maigre et fou qui cherche son chemin. Alors je lui demande quel est le sien. Ses mots tardent. – Je pensais que le voyage devait s'accomplir ici, à Paris. Que cette ville en serait le port heureux. Mais il y fait humide et noir. Je ne vous vois pas quand je vous parle. Je n'ai pas d'argent pour vous payer un verre. Mais je peux vous inviter à boire quelque chose chez moi, rue Championnet, à deux pas d'ici.

Ses mots tardent encore. Il dit – Je crois, Luce, que je vous attendais pour accomplir ce soir ce que j'aurais dû faire depuis longtemps.

Une fois chez lui, Sadegh allume les deux lampes à gaz dont sa chambre est pourvue. Leurs globes blanchissent. La piaule est minuscule. Je vois un matelas à même le sol, recouvert d'une élégante étole pourpre. Un secrétaire devant la fenêtre sur lequel est posée une pile de carnets reliés de toile brune ainsi qu'un verre contenant une rose fanée. Un tabouret de piano damassé. Un fauteuil défoncé d'où sortent des touffes de crins. Une penderie sans porte, si bien qu'il m'est possible de compter le peu de vêtements que le meuble contient : deux pantalons, un gris et un beige, quelques chemises d'un blanc éclatant, un gilet de costume brodé (la broderie représente des fleurs de lys), une écharpe verte pendue à un cintre, un feutre semblable à celui qu'il porte mais plus sombre, un manteau d'hiver, quelques cravates de couleur vive. Les rideaux safran accrochés à l'unique fenêtre sont élimés au niveau des plis, mais ils ont dû être beaux. Face au matelas, un lavabo fêlé surmonté d'un petit miroir à trumeau. Sur une étagère, un nécessaire à barbe, un flacon de parfum. Au sol, des bouteilles de vin vides.

Contre le mur du fond, il y a un poêle à bois et une malle en fer.

Il ouvre le garde-manger encastré sous la fenêtre et se saisit d'une bouteille entamée. – Nous allons la finir ensemble. C'est un vin de Loire. Il est assez bon. Puis il attrape deux mazagrans qui traînent dans la vasque et m'avoue être pauvre en verres également. Il me sert. Nous buvons en silence. Le chinon a un arrière-goût de moka.

Vous êtes venu en France pour votre travail ?

J'écris ici. (Il sort de la poche de sa chemise une paire de lunettes en écaille. Les met.) J'aime la langue française. La culture française. Les philosophes des Lumières. Leur liberté. Leur impertinence. Rien de cela n'est possible chez moi, en Iran.

Vous habitez Paris depuis longtemps ?

J'y suis revenu en novembre 1950. J'y avais déjà séjourné de 1926 à 1930. Mais cette fois mon séjour est compliqué, semé d'embûches.

Pourquoi ?

Je n'en pouvais plus de Téhéran ni de sa chape de plomb. La censure, les collègues qui s'entendaient tous pour dire que mes textes étaient des amas de saletés. Même mes plus proches amis m'avaient affublé de l'infect sobriquet d'*Ange du Désespoir.* Tout cela me rendait fou. Alors j'ai prétexté la nécessité de soins médicaux à l'étranger. J'ai demandé un congé maladie à la faculté des beaux-arts de Téhéran, où j'occupais un poste d'interprète en français. Une fois mon billet d'avion et mon visa en poche, je suis arrivé à Paris. Seulement, mon visa est de trois mois non renouvelables et j'ai un mal de chien à rester en France hors délais.

Vous y êtes parvenu, apparemment.

Avant l'assassinat de mon beau-frère, le général Razmara, qui était Premier ministre, les fonctionnaires de l'ambassade me simplifiaient la vie pour les démarches. Mais le malheureux a été tué le mois dernier. À présent, je ne bénéficie plus de tels privilèges. Je dois lutter au quotidien et n'en ai plus la force. Je n'ai pas d'adresse fixe. Je me cache. Je vis dans des hôtels minables et bruyants ou dans des chambres de bonne comme celle-ci. Je n'ai presque plus de fonds. À l'ambassade, on m'a dit qu'on m'accorderait une rallonge pour le visa à condition que je voyage à l'étranger. Mais je veux rester à Paris. Je ne peux écrire qu'ici.

Qu'écrivez-vous ?

On dit des Iraniens qu'ils sont des poètes. C'est vrai. Tout ce que j'écris est sans doute de la poésie. Mais je lui préfère la prose, les *ghazieh* en particulier, qui sont des textes ironiques présentant des faits anecdotiques. En Iran, je dois les faire imprimer en cachette puis ils circulent sous le manteau. À Paris, j'écris surtout des romans. C'est ce qu'il y a de plus difficile. Or ici les mots coulent d'eux-mêmes comme cette pluie noire ce soir. Un ami vient de traduire en français l'un de mes livres. Cependant Roger[5] n'arrive pas à le faire publier. Cela me déprime. Le destin de ce roman est effroyable. J'en avais commencé la rédaction à Paris lors de mon premier séjour. Quand je suis retourné à Téhéran en 1930 avec le manuscrit de *La Chouette aveugle* dans ma valise, le texte a été censuré. J'ai donc choisi de le faire imprimer à Bombay. Puis il a été publié en 1941 en Iran, ce qui a suffi à déchaîner les intellectuels de mon pays, qui ont proféré les pires choses à mon sujet. Luce, voulez-vous que je vous lise un passage de la *Chouette* ?

J'acquiesce d'un hochement de tête. Alors il ouvre la malle où il a rangé ses textes. Il se saisit du roman en question. Il trouve immédiatement le passage qu'il me réserve et le traduit directement du farsi en français : *Je cessai d'hésiter. J'allai chercher un couteau à manche d'os qui se trouvait dans l'alcôve. D'abord je déchirai avec d'infinies précautions le mince vêtement noir qui emprisonnait son corps, comme une toile d'araignée, seul voile qui la recouvrît. Elle paraissait grandie. Je la trouvai de taille plus haute qu'à l'ordinaire. Ensuite, je lui coupai la tête ; quelques gouttes de sang coagulé et froid coulèrent de sa gorge ; puis je lui tranchai les bras et les jambes. Je plaçai le tronc et les membres dans la malle, bien en ordre ; je les couvris de ses vêtements noirs. Enfin, je rabattis le couvercle, fermai la serrure et mis la clef dans ma poche. Quand ce fut fini, je poussai un soupir de soulagement. Je soulevai le fardeau et le soupesai. C'était lourd. De ma vie je n'avais ressenti une telle fatigue. Non, jamais je ne pourrais porter seul la malle*[6].

Je ne peux parler après la lecture. Il me faut du silence. Il me faut reprendre mon souffle comme après une course. Pourquoi m'a-t-il fait venir chez lui ? Pour que je l'aide à porter la malle qui contient tous ses mots *bien en ordre* ? Pour me découper en morceaux moi aussi ? Je lui demande quel est son âge et il me répond qu'il ne sait plus, qu'il a cessé de compter et que notre conversation l'ennuie. Il s'assoit sur le tabouret de piano, les mains suspendues dans le vide, et fait semblant de jouer.

Silence.

Je déteste mon autobiographie autant que les réclames américaines. Je m'appelle Sadegh Hedayat.

Je vous ai lu.

Est-ce vrai ?

J'étais de passage à Berlin en 1927 et j'ai lu votre *Éloge de la Mort,* publié dans la revue *Iranchahr.*

Mon Dieu, quel âge avez-vous ?

On dit que je fais beaucoup plus jeune que mon âge. Mais je ne vous en dirai pas plus.

Vous avez signé un pacte ?

Une nuit de pluie sans lune, sous un platane, avec un homme qui fumait.

Vous êtes drôle. Cela me fait du bien de rire. Revenons au texte dédié à la Grande Inspiratrice.

C'est ainsi que vous La voyez ?

Exactement. Ce texte donc, cet éloge, je l'ai écrit très jeune, alors que j'étais pensionnaire à l'internat de Gand en Belgique. J'étais déprimé. Je rêvais de Paris et j'avais échoué dans cette ville triste. Je ne mangeais plus. Je ne dormais plus. J'ai commis ce texte une nuit d'insomnie et de vertige. Mais vous lisez le persan ?

C'est une amie étudiante en langues orientales qui m'a traduit votre texte.

Pourquoi a-t-il retenu votre attention ? Il était si confidentiel. Vous avez dû être ma seule lectrice allemande à l'époque.

J'avais l'impression qu'il s'adressait à moi.

Il parle de la mort pourtant.

Et alors ?

Il me demande ce que, moi, je fais à Paris. Il m'appelle *mademoiselle*. C'est délicieux. (En vieillissant, je crois que je me suis mise à faire plus jeune que mon âge.) Je lui réponds que je suis libraire depuis l'entre-deux-guerres, parce que j'ai toujours aimé les livres. Je lui parle de ma thèse sur les bibliothèques. De ma passion pour les voyages. Et aussi des auteurs que j'ai rencontrés dans ma jeunesse, à Prague ou ailleurs.

Il ne m'écoute plus. Il m'a donné l'impression de s'intéresser un moment à ce que je lui racontais, mais à présent je vois bien qu'il est ailleurs. Il se lève du tabouret où il était installé, me dit avec un sourire triste que l'huissier est parti avec le piano, puis ouvre la malle en fer pour en exhumer des carnets et des paquets de feuilles reliées avec des ficelles. Ensuite il murmure comme s'il priait – *Si, maintenant, je me suis décidé à écrire, c'est uniquement pour me faire connaître de mon ombre*[7]. Il me regarde. Il est debout, une liasse dans les mains. Il marche vers le poêle. Il semble me défier.

Souhaitez-vous que je reste ?

Je vous ai demandé de venir car j'ai quelque chose à vous montrer. Ou plutôt quelque chose à faire avec vous. Mais je ne sais pas si vous en serez capable.

Quelle chose ?

Vous voyez le paquet d'allumettes sur la gazinière ?

Je le vois.

Apportez-le-moi. Et aussi le seau à charbon. J'ai le papier qu'il me faut pour faire un feu.

Il ne fait pas froid. Il n'y a pas besoin de chauffer cette chambre. Il fait lourd.

Aidez-moi, Luce. Il faut que vous m'aidiez.

Je lui tends le paquet d'allumettes et le seau. Il est toujours debout et ses longues mains ont commencé à froisser les feuilles de papier. Il les jette lentement, une à une, dans le poêle. Il y ajoute quelques cokes. Ses ongles sont noirs et ses gestes mécaniques. Il me lance un regard perdu. – Je n'y arriverai pas. Voulez-vous, Luce, craquer une allumette pour moi ?

J'obéis. Je frotte le bâtonnet contre le carton brun. Au contact de la surface légèrement sableuse, l'allumette recouverte de phosphore rouge s'enflamme. Je jette l'incendie minuscule dans la gueule du poêle. Sadegh reste debout, les yeux fixés sur le trou qui jaunit. Il n'y a aucun bruit dans la chambre, hormis ceux produits par la fission des coquilles de noix qu'il a jetées avec le charbon sur le foyer en fonte. Le feu détruit en quelques secondes des années d'écriture. – C'était si facile, murmure-t-il, mais moi je ne le pouvais pas. Alors il se plie en deux et se tient le ventre avec les mains comme s'il était pris de crampes. – Les enfants jouent avec leur merde. Je commence à peine à savoir écrire et voilà que je m'arrête pour de bon.

Il est assis sur la malle, la tête dans les mains. Il y reste prostré un instant, secoué par de petits hoquets. Puis il redresse la tête. Le rouge des braises se reflète sur le verre de ses lunettes. Je ne vois pas ses yeux.

Il se lève et marche à reculons jusqu'au matelas sur lequel s'effondre son grand corps. La chute de ce corps me semble lente. Un film au ralenti, comme il arrive d'en voir quand par malheur au cinéma la mécanique du projecteur s'enraye et que la bobine patine. Les images se décomposent alors et l'on perçoit l'invisible. Dans la chute lente de son corps je vois l'Iran, le fardeau des années à supporter l'autorité d'un régime fou, l'alcool substitué aux aliments solides, la solitude, la tentation du suicide, l'amour dédaigné, l'amitié souvent trahie, la magie, le chien maigre, notre rencontre sous le grand arbre à la tombée du jour, la pluie. Je lui commande de dormir. Je reviendrai le voir. Il murmure que s'il en a la force, il ira à midi square Louvois nourrir les moineaux.

À mes pieds, le gisant a les yeux clos. Ses côtes se soulèvent un peu. Le sommeil le prend. Un sommeil de mort comme celui qu'on invoque pour ne pas mourir vraiment. Je me penche sur le corps tombé à la frontière des mondes. J'ôte doucement les lunettes du visage cireux et je les pose sur la malle. Il n'a pas besoin de voir dans sa nuit. Il avance. Comme il écrit.

Comme ils écrivent tous : en aveugles.

De passer outre – Paris, 2 avril 1951

Dans moins d'un quart d'heure j'aurai retrouvé Sadegh, square Louvois.

Installée sur la plateforme brinquebalante de l'impériale, je file à travers la ville. Les voyageurs montent et descendent dans une synchronisation parfaite. L'air est doux, chargé de lueurs et du joyeux tintinnabule que produit la cloche du bus. Mon chignon se dénoue avec la vitesse. J'ai des boucles brunes devant les yeux et dans la bouche. Le vent s'engouffre dans les manches de mon chemisier et dérange mon jupon : je dois ressembler à un épouvantail. Je repense à ma vie, à son joli désordre, à mon obstination.

J'ai commencé à rédiger ma thèse en 1911 sous la direction du professeur Lenz Sone. J'avais alors vingt-deux ans. Le sujet de ma recherche était *Les Livres à l'épreuve du feu*. J'étais tout bonnement fascinée 1) par les bibliothèques qui avaient brûlé et 2) par les auteurs qui avaient détruit leur œuvre ou en avaient exprimé la volonté. L'idée que des chefs-d'œuvre écrits il y a des siècles, des textes du niveau des tragédies de Shakespeare n'aient jamais pu parvenir à nous me jetait dans des abîmes de perplexité et de rêverie. Que serait notre monde si nous avions en notre possession l'*Hortensius* de Cicéron, brûlé au Moyen Âge ? À quoi ressembleraient nos désirs si nous pouvions lire le *Satiricon* de Pétrone dans son intégralité, ainsi que les cent cinquante discours de Caton, anéantis par les flammes dans l'incendie de la bibliothèque d'Apollon Palatin commandé par Néron en 64 ? Serions-nous meilleurs ? Serions-nous devenus immortels ? Ces œuvres nous auraient-elles livré la clef de l'Absolu que les artistes continuaient de traquer ? Peut-être un de ces livres partis en fumée il y a deux mille ans nous montrait-il déjà le visage de Dieu ? Prétentieuse uchronie, la première partie de ma thèse se perdait donc en conjectures au sujet de ce que serait le monde si les rayonnages de ses bibliothèques nationales étaient mieux fournis car pourvus de joyaux qui, à l'heure qu'il était, présentaient au mieux l'éclat du charbon et au pire la consistance de la poussière. Mais ce qui me fascinait plus encore que la pyromanie ou les aléas du destin en période de canicule était l'acharnement d'un auteur à détruire son œuvre. Comment la chose était-elle possible ? Quel sens le geste recouvrait-il ? Était-ce une comédie ? Une feinte ? Ou le parachèvement d'un livre impossible à écrire qui ne trouverait son expression que dans l'incendie ? Ces hypothèses étaient celles de la deuxième partie de mon travail.

La guerre a éclaté à l'automne 1914 et j'ai continué à écrire ma thèse en France alors que toute notre jeunesse nationale était mobilisée. Les dents ont grincé outre-Rhin chez tante Mina. J'étais une odieuse traîtresse, individualiste, aux tendances narcissiques. À Paris, j'ai vite perdu mon accent allemand et mon français est devenu des plus purs. Je n'avais rien d'une sale Boche, les cheveux noirs de mon père et le nom de nuit de ma mère me permettaient d'avancer masquée en terrain ennemi. Les remarques acerbes que j'essuyais côté allemand quand il m'arrivait de recevoir une lettre de ma tante Mina, me laissaient de marbre, et peut-être même m'encourageaient-elles dans mes choix. Je me drapais dans mon orgueil de fille de culottière et affichais l'indifférence des statues. Cependant, je ne glaçais pas tout mon entourage. J'avais un jeune amant à l'époque. Pierre était parisien. Nous nous étions rencontrés dans un café des Halles quelques semaines après mon arrivée à Paris. Il jouait à la bataille avec des camarades et je le trouvais beau. Le soir même de notre rencontre, je me donnais à lui dans la réserve à vins. Nous entendions le tapage du café, les verres qui s'entrechoquaient, les notes venteuses d'un accordéon. Moi, si farouche, si peu à l'aise avec mon corps, dans les bras de ce garçon je n'ai connu aucune honte. Ses baisers avaient le goût du concombre amer et il me disait que ma peau sentait la réglisse. Pour m'abandonner ainsi, j'avais dû pressentir que nous n'aurions pas beaucoup de temps. Il est mort au début du conflit, le 5 septembre 1914, dans la bataille de la Marne. Il est tombé à proximité du bois du Télégraphe, assassiné par l'un des miens, alors qu'il attendait l'aide de la brigade marocaine, postée plus à l'ouest. En apprenant sa mort, la mère de Pierre est devenue folle et, moi, j'ai décidé de ne plus jamais tomber amoureuse.

J'ai soutenu ma thèse en 1919 avec succès. Après la guerre, nous étions tous incroyablement heureux. J'avais écrit à Franz pour l'inviter à ma soutenance. Mais il n'a pas pu me rejoindre. On venait de lui diagnostiquer une tuberculose et il ne fut pas autorisé à s'échapper du sanatorium.

En 1920, docteur et sans le sou, je briguai un poste de bibliothécaire à Sainte-Geneviève, dans le 5e arrondissement. Ma candidature a été acceptée. J'ai alors commis une entorse à la promesse faite à Pierre : je me suis entichée d'un magasinier qui travaillait à la bibliothèque. Anatole était beau, il pouvait improviser un exposé *ex cathedra* au sujet de tous les livres qu'il portait aux lecteurs, mais buvait trop et me cognait. En raison d'une côte fêlée et d'une lèvre fendue, notre histoire n'a pas fait long feu.

Je suis restée vieille fille, comme on dit. Je suis obsédée par mon père fantôme. Je ne peux aimer aucun homme.

Lors de mon séjour à Prague, je passais mes journées à la bibliothèque du Clementinum. J'y contemplais plus volontiers les cariatides et les sphères en bois tourné que le vélin des incunables. En fait, je pénétrais dans ce lieu pour être distraite. L'apparition dans l'hémicycle de tel ou tel obscur individu d'une quarantaine d'années me divertissait de ma lecture. Je me disais qu'il pouvait s'agir de l'auteur de mes jours. Levant les yeux du livre, je le fixais. J'examinais ses mains, la texture de ses cheveux, la forme de sa bouche, celle de son nez, la couleur de sa carnation, modifiée par la lueur verte des opalines. Au fond, je savais parfaitement que ce n'était pas l'homme de la photographie, mais dans ces moments-là je me persuadais du contraire : j'avais retrouvé mon père et je vivais à distance respectueuse du Commandeur une descente aux Enfers invisible. J'étais habitée par une extraordinaire angoisse, laquelle se mêlait à de la colère. Je bouillais intérieurement, m'apprêtais à me lever, à commettre un esclandre au beau milieu de la salle de lecture. Mais je ne bougeais pas. Je restais muette. Si j'avais tenté quoi que ce soit, le réel m'aurait cruellement rappelée à lui. Immobile sur mon siège, les mains gantées de blanc, crispées sur le vélin piqué de moisissures, je fulminais dans mon coin et pouvais m'inventer toutes les révolutions, toutes les réparations d'outrages. Dans la pénombre des livres et des boiseries qui craquaient, j'accomplissais en pensée la promesse faite à la morte : je me levais, marchais doucement jusqu'à lui et lui disais – Je suis la fille de Philippa Notte, Luce Notte. Vous êtes mon père, l'homme de la photographie, et au nom de ma mère, je vous maudis. À me dandiner ainsi sur la scène de mes fantasmes, j'exhibais drôle de figure et corps passablement grotesque, si bien que l'homme obscur finissait par se rendre compte de ma présence. Cela commençait par un premier coup d'œil lancé par inadvertance puis, devinant que quelque chose clochait, ses yeux revenaient à moi. Je puisais en mon fors intérieur tout le courage nécessaire pour ne pas relâcher l'étreinte. Je fixais ma proie. J'avais l'air complètement folle. Je devais faire peine autant qu'inquiéter. Alors l'homme indisposé par ma mine défaite abandonnait son ouvrage sur la table et quittait l'hémicycle. C'était le même cirque chaque fois : après la lutte, je me retrouvais seule sans avoir décoché.

À Paris, les semaines ressemblaient à celles vécues en Bohème, avec une dose de soleil en plus. Les soupiraux grillagés laissaient passer la lumière du dehors et rappelaient aux lecteurs qu'ils s'étaient fourvoyés dans une caverne alors que la vie – la vraie – grouillait de l'autre côté des murs couverts de livres, côté pile, et de lierre, côté face. Pourtant, dans mon antre, protégée du jour trop franc, je me sentais bien. Et puis j'avais toujours l'espoir de croiser mon père pour lui régler son compte. Les bibliothèques sont des mondes propices aux histoires que l'on se raconte les yeux grand ouverts sans même avoir besoin de consulter un volume. À Prague et à Paris, je fus une parfaite dilettante. Mon inscription en thèse devint un prétexte à fréquenter des lieux où je pensais avoir une chance de croiser mon père et de jouer au pyromane.

Station *4-Septembre*. Je descends de l'impériale. J'ai vieilli. Mes genoux me font mal. Dans quel état vais-je retrouver Sadegh après cette nuit affreuse ? Je connais bien le square Valois. Il fait face à la Bibliothèque nationale. J'y ai lu bien des fois. J'espère que nous irons prendre un verre galerie Vivienne et acheter des cartes postales : aujourd'hui, je n'aime plus les bibliothèques ni leurs environs.

Assis sur un banc, Sadegh a renoncé à la lecture du journal. Il lance des miettes de pain aux moineaux.

Les boules de plumes brunes approchent, timorées, se saisissent furtivement des petits morceaux et, festin en bec, filent se réfugier à la cime du marronnier en fleur. Quand il m'aperçoit, Sadegh se lève et me salue en ôtant son feutre. Il est calme. Aucune trace d'angoisse laissée par la nuit en feu, sinon une voix métallique quand, jetant son quotidien à la poubelle, il me dit que les nouvelles internationales sont déprimantes. – À Prague, les fondateurs de Radio Europe Libre[8] sont inquiétés par les communistes. Ces opposants à la guerre froide subissent la même répression que les esprits éclairés en Iran.

Je l'écoute sans dire un mot. Les siens me ramènent au passé. Tandis que je l'entraîne galerie Vivienne, je lui parle de Franz. Je lui conte mon chagrin quand en 1925 Ottla m'a écrit pour m'annoncer la mort de son frère, survenue au sanatorium après une atroce agonie. Je ne l'avais pas revu, en dépit de la promesse formulée sur le quai le matin de mon départ pour Paris. Mais je n'ai jamais cessé de le lire.

L'année de la mort de Franz, je suis devenue bouquiniste. J'ai fait l'acquisition du bail d'une petite librairie, rue des Écoles, à côté de la statue de Montaigne. Je vis depuis dans le quartier de la Montagne-Sainte-Geneviève, rue du Pot-au-Fer, où je loue un deux-pièces sur cour. J'ai de la chance car de la fenêtre de la cuisine je vois la mer des toits et le zinc me fait penser aux aplats gris, presque blancs, que charriait la Vlatva en hiver.

Au début des années 1930, j'ai traversé la grande dépression en vendant des livres rares aux riches touristes. Ils sont nombreux à se perdre dans le coin de la vieille Sorbonne.

Durant l'Occupation, mes origines allemandes m'obligeaient à faire profil bas. Certes, j'avais obtenu au début de la décennie précédente un titre de séjour renouvelable, mon nom italien me protégeait aussi, mais un sentiment d'imposture persistait. Pour y couper court, je me suis investie d'une mission et j'ai porté mon zèle jusqu'à mettre ma propre vie en péril : je passais sous le manteau les livres interdits des auteurs juifs. (Les romans de mon cher Kafka en particulier.) Je fréquentais alors un taxidermiste, employé au Muséum d'histoire naturelle. Pascal n'a jamais été mon amant. Je crois que le sexe ne l'intéressait pas. Mais il aimait ma compagnie et j'appréciais la sienne. Je pouvais l'écouter des heures me parler de son métier. Il me contait que pour empailler un animal, il commençait toujours par construire un squelette en bois, permettant la reconstitution précise de la posture ayant précédé la seconde de la mort. Puis, il reproduisait les formes de la bête avec de la paille. Ensuite, il posait et ajustait la peau sur cette structure après l'avoir tannée ainsi que protégée à l'aide d'agents chimiques. Pour que l'enfilage de la peau se fasse aisément, il m'expliquait qu'il était préférable de graisser le mannequin. Souvent, de petites retouches étaient nécessaires sur la peau elle-même, avant d'en venir à la couture finale. Il aimait particulièrement les moments dédiés à l'incrustation des yeux en verre ainsi qu'à la pose de tissus ou de gomme pour imiter des organes comme la langue. Ces étapes requéraient une grande minutie et c'était la justesse audacieuse de ces gestes ultimes qui contribuait à faire de l'œuvre une pièce remarquable, ou pas. Je trouvais à cette technique cherchant à reproduire le réel, à faire entrer la vie dans une structure morte, beaucoup de points communs avec l'écriture. Alors moi, je lui parlais des livres en feu.

Il avait une chouette hulotte chez lui. Une vraie. Une vivante. Il me disait que j'avais un visage de chouette.

Un jour, nous ne nous sommes plus vus. La gardienne de son immeuble m'a annoncé un matin sans me regarder – elle continuait à briquer les tringles en cuivre des pas-de-porte – que Pascal avait embarqué pour l'Amérique. Je suis restée muette. Alors elle a posé son chiffon, refermé son pot d'encaustique, et m'a invitée à entrer dans sa loge. Sur la table à manger trônait une petite chouette effraie empaillée – Un cadeau que Pascal a laissé pour vous. J'ai pris l'animal dans mes mains et j'ai enfoncé mes ongles dans son plumage. Les deux citrines des yeux me fixaient. Je trouvais curieuse cette idée d'un taxidermiste à Manhattan et puis contre toute attente j'avais de la peine. Jamais je ne m'étais dit que je tenais à lui. J'ai toujours eu un temps de retard sur tout.

Seule, presque vieille, je me suis mise à parler à la chouette effraie et à repenser à mon père fantôme de façon éperdue. La chose m'était passée puis elle est revenue. Je n'allais pas bien.

Et j'ai rencontré Sadegh une nuit d'orage.

Aujourd'hui, je sais qu'il fallait que je vienne à eux, que je les trouve tous les deux, et qu'ils me disent ce qu'ils avaient à me dire. À moi, Luce Notte psychopompe. Il fallait qu'ils voient mon visage en grisaille dans le blanc de midi, afin que j'accomplisse la promesse faite à ma mère.

Je suis une fille obéissante.

Or, fidèle à mon serment, j'ai compris que je les damnais. Je me jurais alors que, cette descente, j'allais la faire avec eux. Qu'elle serait douce, bienveillante, fructueuse, et que je marcherais dans leur nuit pour être le témoin de leurs très riches heures. Nous avions perdu Eurydice en route, mais Perséphone nous semblait plus aimable. La nuit sans jour. La nuit sans partage. Parce qu'ils n'ont pas besoin d'y voir, mes deux amours, mes merveilleux amours, pour écrire.

Dans les souterrains, nous nous donnions la main, nous formions une chaîne, et j'ouvrais le cortège. Quand il arrivait à quelques fils de lumière de tomber des plafonds, ceux-ci semblaient des toiles d'araignée. Et si un monstre énorme courait avec ses huit pattes sur les murs de la caverne, il y dessinait des images : la tuberculose, l'alcool, le suicide, l'insomnie, les pères absentés. Et nous riions car, là où nous étions, il ne pouvait plus rien advenir de fâcheux. Nous étions morts. Nous avions l'éternité. Chancres au foie, dioxyde de carbone au cœur, bacilles aux poumons, serpents sous le talon, temps arrêté, hiver éternel, Déméter éplorée, soleil de glace, Orphée démembré, Bacchantes, orgies, tête qui chante sur le fleuve de Thrace, et moi qui leur donne la main – farandole – colin-maillard : même pas peur dans le noir.

Notes prises à la Bibliothèque nationale de Paris

pour des raisons obscures Marc Antoine fait brûler une grande partie de l'œuvre de Varron l'auteur latin a signé 74 titres comptant plus de 600 tomes qui traitent de sujets variés tels que l'archéologie l'agriculture et la grammaire ces exemplaires souvent uniques ont disparu à jamais rien ne nous reste de son magistral *De bibliothecis* drame devenu perte au carré puisque c'est en consultant ce livre que Pline Suétone et Aulu-Gelle ont pu évoquer les grandes collections grecques brûlées elles aussi 260 après J.-C. sac des bibliothèques d'Athènes par les Goths ces sanctuaires sont vidés et on entasse les livres pour organiser les autodafés quand les flammes montent un des chefs barbares s'exclame que tant que les Grecs seront esclaves de la lecture ils resteront inaptes au métier des armes le glaive a déjà plus de valeur que le *volumen* Rome brûle 88 fois entre le règne de Romulus et la chute de la capitale les feux partent toujours des mêmes lieux Palatin Capitole Forum et les grandes bibliothèques attenantes à ces lieux stratégiques flambent inéluctablement le vent est chargé d'odeurs épaisses le ciel incandescent s'étale au-dessus des tuiles des toits les nuits sont rouges le 6 juillet 83 Sylla met le feu aux livres sibyllins et à leurs oracles même la parole des dieux est réduite en cendres Cicéron rapporte que c'est Clodius proche conseiller de César qui met le feu au temple des Nymphes pour annihiler des tablettes compromettantes puis c'est au tour de Q. Sosius d'incendier le Tabularium où sont archivées lois et correspondances c'est toute l'éthique romaine et sa mémoire qui se désintègrent dans ces nouveaux brasiers Rome passe son temps à brûler disparaissent à jamais dans les feux 109 comédies de Plaute 24 pièces d'Ennius 40 autres signées Accius plus terrible encore part en fumée l'*Hortensius* de Cicéron traité philosophique de valeur inestimable ainsi que la quasi-intégralité de sa poésie seuls quelques vers de l'élève de Platon sont parvenus jusqu'à nous les épopées de Varron plus de la moitié du *Satiricon* de Pétrone ont été dévorés par l'incendie l'*Histoire romaine* de Tite Live a été privée de 107 livres sur 142 dans le brasier a péri celui où l'historien nous livrait de précieuses indications sur le saccage de la bibliothèque d'Alexandrie Tacite se consume Pline se désintègre et il est aujourd'hui impossible de lire les ouvrages que ce dernier a consacrés à l'art de la guerre ainsi qu'à la grammaire

II

ENNUI

Tout ce qui n'est pas littérature m'ennuie et je le hais.

KAFKA,
Journal, 21 août 1913.

De l'esprit de pesanteur – Prague, 11 septembre 1912

Je dois à présent revenir à mon séjour praguois, afin de mieux cerner les conditions préalables d'un *pacte.*

Franz était employé dans une compagnie d'assurances contre les accidents du travail. Les récits classés dans les dossiers qu'il traitait entretenaient un rapport à la catastrophe complètement étranger à la monotonie de ses jours. Le maigre jeune homme qui hantait les services était toujours à l'heure et paraphait en silence la montagne de dossiers étiquetés *urgent* qu'il retrouvait chaque matin empilés sur son bureau.

Le président du département technique, l'inspecteur en chef M. Eugen Pfohl, homme casanier et pointilleux, reprochait à Franz de ne pas travailler assez vite. La remontrance était injuste car, pour l'avoir vu à l'œuvre dans la cuisine tandis que je préparais le dîner, j'avais constaté qu'il rédigeait avec un soin et une célérité extrêmes. Pfohl était tout simplement mal à l'aise au contact de la singulière personnalité de son jeune employé. Son absence de psychologie se traduisait chez lui par un développement excessif du flair et il *reniflait* chez le garçon une propension nauséabonde à la rêverie, une appétence incompréhensible pour le poème, ce qui le plongeait dans des états de colère caractéristiques qui se manifestaient – m'expliquait Franz – par un surcroît de labeur imposé et des horaires toujours plus rédhibitoires.

En revanche, le président de la Compagnie, Herr Pribram, qui avait engagé Franz comme stagiaire en 1910, se montrait beaucoup plus avenant avec lui. Il respectait profondément sa formation de juriste et l'appelait, en le croisant chaque matin, *Mon cher docteur*. – Comment allez-vous, *Mon cher docteur* ? Et votre père, satisfait de ses affaires ? En effet, Pribram et Kafka père étaient camarades de longue date. Or cette amitié, loin d'adoucir les moments que passait Franz à la Compagnie, aiguisait sa mélancolie, elle-même renforcée par la peur que lui inspiraient les attentes d'un homme qu'il comparait à son père et qu'il finirait forcément par décevoir comme il avait toujours déçu celui-ci.

Le travail de Franz consistait donc à établir des devis techniques et financiers en rapport avec les dégâts subis par les entreprises. Depuis 1910 il était simple rédacteur, et il visait le poste de vice-secrétaire. Il espérait qu'une promotion aboutirait à une titularisation qui lui offrirait le confort professionnel nécessaire à l'écriture et aux *risques* que celle-ci induit toujours. Sa formule devait me marquer profondément.

— Quels sont ces *risques* ? lui ai-je demandé, alors qu'il entrait un matin dans la cuisine, hagard, après une nuit blanche passée à attendre les mots qui manifestement ne lui avaient pas rendu visite. Serrant les poings, il m'a répondu que l'écrivain devait se mettre en danger, sinon l'entreprise ne valait pas le coup. Il a ajouté que ces risques-là ne pouvaient pas entrer au catalogue de la Compagnie et qu'il lui fallait les provoquer. Ensuite il n'a plus rien ajouté.

— Quels sont ces *risques* ? ai-je insisté. Il s'est assis à côté de la gazinière où j'avais mis à bouillir de l'eau chaude pour le café, et, tout en fixant le bleu des flammèches qui cerclaient parfaitement la base de la bouilloire telle une auréole à l'envers, une couronne sainte *du bas*, il m'a dit qu'il s'agissait d'un combat de tout le corps. Que la lutte avait lieu le plus souvent la nuit car elle s'exerçait en aveugle contre un adversaire invisible. Or même si on ne le voyait pas, on pouvait sentir son haleine, son étreinte, ses coups. Bien que toujours effrayante, l'étreinte était recherchée, presque jouissive, même si elle faisait mal. La douleur emplissait alors la carcasse comme une eau glacée, mais l'esprit aussi joutait. Écrire était donc un combat du ventre et de la tête, et les deux assaillaient la bête tour à tour avec une même ferveur. La mâchoire de *la chose* tapie dans le noir se refermait sur la main qui écrivait et sur l'âme qui se perdait afin de trouver les mots. Ceux-ci se défilaient en lambeaux de phrases accrochées au noir d'une nuit en charpie. Avancer dans le noir. Supporter la pression des mâchoires. Se laisser dévorer et survivre jusqu'à l'aube pour constater ce que le combat avait abandonné au papier comme reliquats de douleur ou de jouissance. Car la lutte dont il me parlait devait laisser des traces de brûlure, et par endroits la page prendre des airs d'herbe calcinée. Les seules œuvres qui valaient la peine, a-t-il ajouté, étaient celles où se devinaient les marques de cette lutte.

Franz a essayé de me sourire. Le rictus était celui de la gêne ressentie par quelqu'un qui redoutait de ne pas avoir été convaincant. Il se trompait. Je lui ai servi une tasse de café qu'il a bue tout de suite, presque heureux de pouvoir se brûler la langue pour ne plus avoir à parler.

Puis les mots sont revenus – L'écriture est une descente, Luce. On descend chercher les mots dans le monde des ombres. Comme Orphée. On voit les morts. L'effroi. Toute sa beauté. On descend. Dans les cercles, il n'y a pas de feu, mais du froid, de la nuit et du vent. On saisit ce monde. On se l'approprie. Le travail est long et difficile. On fore. On creuse en soi. Dans sa nuit. Et on découvre des monstres. Ils sont tapis dans les antres et les trous boueux de l'origine. On dompte les monstres. On survit à la nuit et on en revient. Car une fois qu'on a en main les pierres noires arrachées au sol d'en bas, on doit remonter lentement vers la lumière avec elles. Le travail de l'écrivain devient alors une ascension lente vers le jour. Vers la clarté. Il s'agit du sens à trouver. D'une vérité à exhumer de ces pierres sombres que l'on fendra bientôt comme des noix pour qu'en sorte l'*histoire*. Placer les pierres de la nuit en plein jour et comprendre qui l'on est. Inviter la nuit sous le ciel des hommes et faire en sorte qu'ils ne s'en effraient pas. Il n'était pas question d'Eurydice. Il n'était pas question de la trouver, elle. Il s'agissait d'une Autre. D'une tout Autre. Vous comprenez, Luce ? Et quand je suis à la Compagnie, je ne pense qu'à ce voyage. Toujours l'impatience me ronge. Je perds mon temps au bureau. Je sais qu'il presse et qu'il ne suffira pas au travail qu'il reste à accomplir.

Voilà dans quel état d'esprit il était lorsque je l'ai connu à la fin de l'été 1912 : impatient. Or l'impatience était à ses yeux un péché grave. Elle était ce vice qui rendait fou car elle rejetait les hommes hors du temps et du plaisir. Elle était ce principe délétère qui les arrachait au présent pour les renvoyer de façon douloureuse à un futur impossible. Et le futur était bien plus *intranquille* qu'hypothétiquement rassurant. Les spéculations sur l'avenir ajoutaient à l'angoisse d'un présent morne. La peur des demains agissait comme une caisse de résonance sur la platitude des jours subis et dans cette distorsion du temps on obtenait une espèce de chose informe, comparable à une avenue goudronnée sous un ciel caniculaire qui cloquait par endroits et dans la pâte noire de laquelle le marcheur s'enfonçait. Franz avait l'impression physique autant que spirituelle de stagner. Il m'avait confié avoir la sensation d'être souvent une grosse mouche agonisante, collée à un ruban de glu.

Franz a travaillé au service de l'*Arbeiter-Unfall-Versicherungs-Anstalt für das Königreich Böhmen*[9] jusqu'à sa retraite prématurée, prise en 1922. La tuberculose diagnostiquée cinq ans auparavant l'épuisait, et il ne se rendait au bureau qu'un jour sur deux. Il considérait son emploi tel un vulgaire gagne-pain et, la maladie ayant fait son entrée, j'ose imaginer que sa tâche lui paraissait encore plus fastidieuse. Mais ce qu'il ne précisait jamais (sans doute en raison de sa grande modestie) était que toutes ses prestations étaient évaluées très positivement par son employeur. J'ai su cela en croisant Herr Otto Pribram un midi, alors que j'apportais son déjeuner à Franz. L'homme, de taille moyenne mais de corpulence massive, au long nez pincé d'une paire de lunettes rondes en argent, vêtu d'un costume anthracite, presque chauve, arborant une barbe blanche impeccablement taillée, m'a demandé avec son air sévère qui j'étais et où j'allais ainsi avec mon panier. Par peur de causer un quelconque préjudice à mon jeune ami, je lui ai répondu le plus poliment du monde et aussitôt l'espèce de croque-mort croisé dans le corridor a montré face joviale pour s'épancher de façon hémorragique au sujet des talents de son employé. Selon ses termes, Franz était un Don Quichotte de l'assurance qui s'exprimait toujours dans un tchèque ou un allemand littéraire légèrement surannés. Et je saisissais parfaitement ce que le bonhomme voulait dire : cette façon de choisir les mots avec parcimonie, en ménageant de petites pauses entre les phrases, conférait en effet à Kafka une sorte d'élégance étrange. C'était comme s'il avait craint que le mot ne fût pas juste et que le langage ne puisse traduire exactement sa pensée. Pribram devinait certainement dans cette rigueur de ton un hommage rendu à la fonction. Alors, un peu gênée, je l'ai laissé parler car il ignorait toute l'aversion que Franz nourrissait pour le poste occupé.

Quand Franz accumulait du travail en retard, il rentrait le soir à la maison avec ses dossiers. Puisqu'il était hors de question qu'il encombrât le bureau de sa chambre – dédié à son œuvre – avec de la paperasse administrative, il s'installait sur un coin du plan de travail dans la cuisine tandis que je préparais un ragoût, ou au salon quand son père n'y était pas. Mon jeune ami avait pour tâche la limitation des risques de sécurité encourus par les ouvriers préposés aux machines dangereuses. Il m'expliquait qu'il était obligé de visiter les usines pour ensuite rédiger des manuels d'information. Ce travail d'écriture le déprimait au plus haut point. Parfois, il devait contester des demandes d'indemnisation et en tirait une authentique mauvaise conscience. Alors, dès qu'il en avait la possibilité, il se montrait conciliant avec les victimes, parfois blessées et handicapées à vie. Rien ne l'affligeait davantage que la souffrance de ses contemporains, surtout quand celle-ci lui semblait absurde. *L'absurdité*, Franz y songeait sans cesse, à commencer par celle qui empoisonnait son quotidien et apparentait les murs de son bureau à ceux d'une geôle – Je travaille à la Compagnie, mais je caresse l'espoir de m'échapper un jour et de pouvoir contempler par ma fenêtre un champ de cannes à sucre ou un cimetière musulman, chuchotait-il en regardant le ciel fermé.

J'avais un rôle à jouer auprès de lui durant mon séjour praguois comme cette fois où je lui ai suggéré d'utiliser les informations qu'il détenait concernant la dangerosité des machines, voire leur caractère impitoyable, et d'écrire un texte de fiction à partir de cela. J'aime me dire que mes mots sont à l'origine de son court récit, *À la colonie pénitentiaire*, livre visionnaire où il est question d'une machine à laquelle sont ligotés des condamnés à mort sans avoir été soumis à un procès préalable. J'ai l'orgueil de penser, même si je me trompe, que cette nouvelle, écrite en octobre 1914 et que j'ai pu lire en allemand à sa publication en 1919, est un peu de mon fait.

Franz avait rencontré une jeune Allemande, Felice Bauer, quelques jours avant mon arrivée à Prague. Elle lui avait été présentée un jour d'orage par des amis à Berlin. Depuis la lourdeur de cet été, il était obsédé par cette fille au visage osseux et aux yeux vides, dont le souvenir agissait sur lui telle une fièvre tropicale aux manifestations aussi violentes que récurrentes. Il avait dissimulé une photo d'elle sous son presse-papier, portrait que j'avais fini par découvrir, atterrée par la fadeur des traits et la banalité du sourire. S'ils ne se voyaient jamais, ils s'écrivaient de nombreuses lettres, ce dont j'étais informée car plusieurs fois j'ai porté son courrier à Franz, qui se ruait sur la missive pour aussitôt s'enfermer dans sa chambre et donner la réplique au fantôme berlinois. Or la fréquence de leurs échanges épistolaires l'usait et je crois que Franz n'était jamais aussi serein qu'en ma compagnie. En fait je le rassurais, tandis que cette fille avait le don de le jeter dans des abîmes de perplexité. Sans doute le détournait-elle de sa tâche avec ses manières de petite-bourgeoise capricieuse, alors que moi – et moi seule – je l'aidais dans son entreprise.

À la fin de cet été 1912, Franz avait l'intuition qu'un livre d'importance sourdait en lui. Le travail était à l'œuvre – il le ressentait *physiquement* –, mais il s'agissait d'une lutte souterraine qui faisait de lui une sorte de taupe ou de termite : le texte était terre ou poutre, matière brute, informe, mouvante. En fait, tout se présentait à lui en termes de *construction* et devenait prétexte à l'écriture : rencontres fortuites, menus détails de la journée, discussions banales[10]. Franz savait que quelque chose advenait en raison de ses lectures. C'étaient les livres qui lui indiquaient qu'un nouvel ouvrage se tramait. – Cela se produit souvent : je lis comme à l'ordinaire tel ou tel volume pour mon travail ou mon plaisir, c'est selon. En tout cas je lis beaucoup. Progressivement, le livre dont l'histoire me paraissait claire à la première lecture me semble de plus en plus opaque. Le sens se dérobe, tout devient confus, à la différence de l'impression de clarté merveilleuse que m'avait laissée la première rencontre avec le texte. Alors, je reprends le livre une troisième puis une quatrième fois pour vérifier que je me trouve bien dans cette sorte de phase, et oui, plus aucun doute : tout est devenu parfaitement incompréhensible. Plus je reviens à l'histoire et moins je la comprends. Je sais alors que le temps est advenu, qu'il faut que j'oublie le livre de l'autre et que j'entreprenne ma propre construction. Car tout n'est que *construction* et seule elle m'importe.

Avant que le soleil se lève – Prague, 15 mars 1913

Le printemps se faisait attendre à Prague. La Vlatva était boueuse. Le ciel semblait fermé. Cadenassé. Les passants ne s'attardaient pas encore sur les quais. Maelströms et marmites du fleuve mitonnaient les lambeaux hivernaux. Bientôt les courants contraires se déploieraient tel un jupon de mariée, montrant la jarretière du temps et la fausse pudeur des jours exhalant l'été, ses excès d'odeurs, de lumière et de bruits.

L'eau grise avait l'érotisme d'une tombe.

Le catafalque des semaines enfermait la conscience de Franz. Il était parti très tôt à la compagnie d'assurances, afin de rentrer en fin d'après-midi et de se remettre à son écriture. Les heures lentes consacrées aux broutilles administratives affûtaient son impatience maladive. Je me sentais moi aussi coincée dans un temps qui avançait au pas. Je m'étais installée dans la cuisine pour le repassage. Suivant le rythme du balancier, mes yeux couraient du coin de ciel coincé dans le cadre de la fenêtre au cadran de l'horloge. Le temps regimbait. Têtu. Les plis des cotonnades disparaissaient un à un au gré des aplats de fer brûlant. L'odeur piquante de la lavande montait de la pile de linge amidonné et, moi, j'étais toujours prisonnière de cette maudite cuisine, engluée dans le domestique.

Midi. Une fois les draps repassés, les légumes pour le goulache du soir lavés et coupés menu, j'ai enfilé un pardessus puis j'ai couru à la Compagnie. J'avais envie de le voir.

Je n'ai pas eu besoin de frapper : la porte de son bureau était ouverte, Franz me tournait le dos, penché à la fenêtre (qui donnait sur une cour intérieure noire comme un puits, aussi me suis-je demandé ce qu'il pouvait bien regarder), et quand il a entendu le frottement de mes bottines en dépit de mes efforts pour faire moins de bruit qu'une souris, il a pivoté sur ses talons et j'ai vu sa mine. Défaite, plus grise encore que la Vlatva.

Sa figure s'est recomposée quand il a commencé à dire – Je ne pense à rien. Peut-être est-ce dans ces moments-là que je commence à écrire. Je sens. Le poète ne pense pas, Luce. J'ai abattu le travail de la journée en quelques heures. À présent je vais lire. Je ne compte pas déjeuner. Je vais lire un roman. Un bon gros livre. Les plus grands poètes sont des prosateurs qui écrivent de la poésie. Ils sentent le monde. S'en saisissent. Le lecteur est happé par ce vibrato, cette proie que n'a pas contrôlée le romancier et qui remue encore toute palpitante de vie sur la page. Lire une fiction écrite par un romancier-poète, c'est comme être au musée et faire la rencontre d'un tableau si bien exécuté qu'il vous fait éprouver la matière peinte. Quand je contemple les *Raboteurs* de Caillebotte, je sens des ampoules me pousser aux creux des paumes.

Je me suis risquée à lui demander s'il souhaitait sortir un moment pour prendre l'air. Il ne m'a pas entendue. Il continuait à parler. Il était possédé. – Incarner. Sentir. Ne pas penser, vous comprenez, Luce. Il s'est assis à son bureau en croisant les jambes, le dos tourné à la fenêtre. Son visage flottait dans le contre-jour. Et c'est à sa teinte argentique que j'ai réalisé à quel point midi devait être incandescent. Le printemps venait de faire son entrée. – Quand je remplis les registres, Luce, je ne pense pas. Je ne fais que sentir. Peut-être même suis-je en train d'écrire un poème ? Certains d'entre eux sont plus réels que les gens qu'on voit marcher dans la rue, vous savez ? Mon cahier de comptes est alors un sonnet. Le parquet sous mes pieds : un radeau. Le tapis à l'entrée du bureau : la mer de Chine. Le rideau falot que la brise soulève : un orage tropical. Les pâtisseries du plafond : des cirrus entortillés aux cimes de la cordillère des Andes. Les voix hirsutes des employés dans la cage d'escalier : le chant des cueilleurs de riz. Sentir c'est comprendre le monde. Tout le monde dans sa globalité. Si je pense, je me trompe. Je ne veux plus penser. Je veux dormir. Dormir. Mourir un peu. Être Orphée. Descendre comme lui. Ramener l'essence du paganisme comme le poète tenta de ramener Eurydice du monde des ombres. Et sur mon bureau, je vois mon ombre. L'ombre de celui qui va signer le Grand Œuvre de demain. Le texte que je sens poindre. Venir à moi. Je vais décrire le monde sans le penser. Me contenter de suivre la pente de mon intuition. Elle est la plus sage des fées, l'Intuition. Le monde que je cherche est vierge de toute interprétation. Il m'oblige à éprouver les sensations et les idées sans les penser. À être un aède moderne. C'est si reposant. Je dois dire les choses de façon dépouillée, sans fioriture. Je suis heureux, Luce, car je suis en chemin et j'avance d'un bon pas.

Je restais silencieuse. Je savais qu'en me parlant il avait commencé à écrire. Ainsi, Franz avait besoin d'être *accompagné*. Je l'assistais dans sa tâche. Peut-être que moi aussi j'avais quelque chose à voir avec l'œuvre en train de se faire, puisqu'il m'avait permis d'être le premier témoin d'un miracle et le messager d'une bonne nouvelle à porter. Voilà donc pourquoi j'étais venue au bureau ce matin-là : j'étais l'apôtre femme du Créateur, au midi de la Résurrection.

Il se nichait aussi dans notre collaboration active – quoique muette – un principe vertigineux en rapport avec le vide et la solitude. Car je me suis rarement sentie aussi seule que lors de ses moments d'introspection, où je le voyais descendre en lui tout en s'adressant à moi. Il me parlait, sa voix était douce, or je n'étais pas dupe : je restais la spectatrice de son propre néant, lequel avait besoin de ma présence pour s'assurer d'un rapport au réel toujours douteux.

Franz m'a souvent confié sa peur de n'être rien d'autre qu'un fantôme et ses écrits des mirages. Et quand je l'entendais, je pensais à mon père. Moi aussi, je suis la fille de Personne. La fille d'un homme qui est passé dans des villes où je me rends et où jamais je ne le croise. La fille d'un lecteur banal, d'un auteur sans œuvre. L'héroïne d'un roman resté dans les limbes. Je n'existe pas. Je suis Luce Notte. Un contre-jour. Une lumière mourante. Sans lui, sans la rencontre, je ne suis pas complète.

En dépit de mes doutes, je laissais croire à Franz que j'avais la force requise pour être le bon témoin, l'assistante parfaite. Or il n'en était rien. J'étais faible, mais la mission secrètement confiée me flattait et surtout je réalisais dans notre dialogue de sourds, à travers ce quiproquo magnifique, une union dépassant toutes mes espérances. Le temps d'un court échange dans le clair-obscur du bureau, alors que j'étais si impressionnée et si peu sûre de comprendre tout ce qui m'était conté, je retrouvais en Franz un peu de celui que je ne connaissais pas. La fille de Personne se confrontait au doute incarné et, comme en physique, la reconnaissance de nos deux néants créait du plein. Jumelles, nos inquiétudes faisaient entrer la lumière dans la chambre obscure.

Des poètes – Paris, 5 avril 1951

Dans la mansarde parisienne, le poêle à bois me rappelle celui de Prague. J'aime faire des liens. Inventer des correspondances. Suturer les mondes.

Je jette des coupures de journaux sur le foyer pour faire partir le feu. Les feuillets se racornissent. Ça commence par la bordure qui devient incandescente et le feu dévore le centre des pages froissées. L'encre des typographies produit une flamme verte. Ensuite tout devient noir, puis gris, presque blanc.

Je me brosse les dents avec du bicarbonate de soude. Je ne me maquille pas mais me parfume généreusement au patchouli. Je vais porter la robe en mousseline lilas aujourd'hui. Un foulard à pois cachera mes cheveux gris, parce que je n'ai pas le courage de retoucher ma teinture.

Le rideau de douche en nylon rose est taché de moisissure sur les bords. Du lavabo monte une odeur d'ammoniaque. Cette pauvreté a toujours été la mienne, parce que je crois que je l'ai recherchée. Elle m'a appris à voir les choses comme il faut les distinguer : sans les œillères que nous infligent le luxe ou un certain confort. Ce dernier endort les sens. Je veux que les miens soient affûtés au point que le silence en devienne *éloquent* et l'absence *visible.* La moindre odeur est une explosion de souvenirs comme l'est le goût du pain, qui, lorsque je le mâche longuement, me rappelle les festins improvisés sur les quais de la Vlatva quand Franz et moi lancions des miettes de *Schwarzbrot* aux cygnes. Pas plus tard qu'hier, devant le pimpant spectacle des fontaines aux jardins de l'Observatoire, j'ai revu et entendu celles du Belvédère à Prague. Aucun de ces bonheurs minuscules ne serait possible si j'étais rassasiée. J'ai toujours faim. Je désire. Je suis tendue vers ce qui est très ténu. Je le devine et la rencontre a lieu. Mais il s'agit d'une étreinte muette. D'un baiser offert au tain d'un miroir. D'une rencontre entre moi et moi, fuyant l'éparpillement. Redoutant la dislocation. Confrontée à l'image piquée du temps, je recompose. Je reconstruis.

Rue Championnet. Me voilà devant la porte de la chambre de Sadegh. Je repense à la nuit du 1er avril et l'endroit me glace autant qu'il m'attire. Notre rendez-vous du lendemain square Valois n'a fait que me renforcer dans la conviction que le poète iranien est en danger. J'hésite à toquer car j'ai peur de n'entendre ni voix ni bruit derrière la cloison. Je reste un instant, comme ça, à flotter entre l'angoisse et l'impatience. Je crois que je n'ai jamais eu autant envie de revoir un visage. Je me rappelle parfaitement la forme de ses mains, l'odeur de sa veste, le pli de son pantalon. Ces menus détails, qui font de Sadegh ce qu'il est, il me semble que c'est moi qui les ai créés pour lui l'autre nuit, comme le graveur enfonce son stylet dans le cuir de l'écritoire afin d'y imposer sa marque.

Je porte mon poing à la hauteur du judas, qu'on a obstrué avec du mastic. Je frappe doucement. Aucun mouvement, aucun son. Je frappe encore, plus franchement. Puisque rien ne se passe, je tourne la poignée de la porte, qui n'a pas été verrouillée. Celle-ci s'ouvre en couinant. J'entre dans la chambre. Il fait noir, le rideau est tiré. Une odeur d'opium sature l'air. De la main gauche, je cherche à tâtons un commutateur. Je sens le relief froid de la porcelaine sous mes doigts. Je tourne le bouton.

Lumière.

Il est allongé sur son matelas. J'ouvre les rideaux. Ses yeux sont clos, mais l'aveugle ne dort pas. Je le sais. Il me semble que je sais tout de lui. Chaque infime détail de son existence, jusqu'aux colonies de poussières dorées qui flottent dans le rai de soleil devant la fenêtre, m'est connu. En sa compagnie, le monde devient étrangement familier. Sadegh le déchiffre pour moi. Il me le rend clair. Il prend sur lui une forme d'hostilité, de violence, puis les transforme et m'offre l'univers passé au tamis d'une conscience qui en a adouci chaque contour. Les livres de Sadegh sont les plus noirs, peut-être les plus angoissants jamais écrits. Mais c'est justement parce qu'ils enferment la nuit qu'ils me donnent le jour. Il écrit pour que nous autres, lecteurs, nous ayons moins peur. Il écrit (en même temps qu'il se tue) pour que ses mots soient un viatique contre la violence du monde pour nos cerveaux. La mort, l'angoisse, les ombres reformulées par lui sont ainsi mises à distance. Ses fictions sont l'examen de nos vies. Les personnages qu'il invente endossent nos peurs et portent le fardeau de nos jours à notre place. Il est l'ordonnateur de ce carnage. Il s'offre et nous prenons. Nous le dévorons. Ce n'est pas la nuit qui digère Sadegh, ce sont nos consciences de lecteurs. Et nous n'avons pas de répugnance à commettre ce crime car nous savons que le poète l'appelle de ses vœux.

Il me reconnaît. Sa voie est douce, légèrement enrouée – Un jour, j'ai dit à une amie que ma vie n'avait rien de remarquable. Aucun événement exceptionnel ne l'a traversée. Aucun titre honorifique, ni diplôme supérieur. Je n'ai jamais été bon élève, Luce. Et comme fonctionnaire, je ne suis qu'un obscur employé de banque dont les possibles démissions ont toujours été acceptées avec une joie spontanée par mes supérieurs. Ma famille, mes collègues me considèrent comme un raté. C'est peut-être vrai.

Je m'approche du matelas. Je m'assois au bord de la couche. Je sens la chaleur du corps recroquevillé sous l'étole semée de jolis motifs. Des nénuphars, je crois. À moins qu'il ne s'agisse de pavots. On reste comme ça. Sans rien se dire. Dans le silence banal de la chambre.

Que ce soit la banque ou l'assurance, les emplois occupés par mes deux amis les obligeaient à envisager le réel de la manière la plus pragmatique qui soit. Ce lien forcé avec le présent (la banque) et l'avenir (l'assurance), ils le devaient aux crédits remboursables sur dix ans et aux contrats de prévoyance. Ils passaient leur temps à circonscrire l'existence de leurs contemporains entre les bornes d'un dispendieux présent surendetté et celles d'un futur postdiluvien absorbé par la paperasse. Pourtant, ni aujourd'hui ni demain ne trouvaient d'attraits à leurs yeux, le duo mélancolique leur préférant le passé. Celui d'un âge d'or perdu. Celui d'un monde où tous les hommes de Babel parlaient la même langue. Celui d'une ère de concorde et de grâce révolue.

Je suis plus vacillant que jamais, je ne sens que la violence de la vie[11], a écrit Franz dans son *Journal*. Et moi, Luce Notte, je suis une girouette folle qui tente de leur indiquer le sens du néant, si le vide a une direction, si le vertige connaît un point fixe, si le malaise acquiert par moments quelque assise.

Sous l'étole, le corps immobile de Sadegh disparaît. Même la tiédeur de la couche n'est plus perceptible. Seules ses pupilles brunes – dilatées à l'extrême – et la fixité de son regard m'indiquent qu'il est encore vivant. J'ai la prétention de penser que sans moi son corps serait froid, ses paupières définitivement soudées. – J'avais peur ce matin. Je n'ai pas pu me lever. Mais vous êtes revenue, Luce, et je vais pouvoir affronter la journée.

Il sourit presque. Je distingue le discret mouvement des côtes qui se soulèvent sous les fleurs. Le corps s'extirpe doucement de l'étole. Gerbes et couronnes tristes tombent sur la tomette. Ses deux pieds nus foulent le sol. Il marche à la fenêtre pour voir la rue et son miraculeux désordre.

Bien qu'appliqués à des tâches qui les ont obligés à chausser des semelles de plomb, Franz et Sadegh ont marché tous les deux dans l'éther. S'ils ont pertinemment intégré le fait qu'un retour au passé idéal restait impossible, ils ont agrémenté leurs jours de petites cérémonies qui leur ont permis de se ménager des poches d'air contre l'asphyxie. Ces espaces minuscules, propices à la respiration, sont les mots.

Des mots simples et vrais.

Le *Journal* que tenait Franz était le roman de sa vie. Peut-être son plus grand livre. Le monde en était le sujet et lui le héros. Son corps s'y exposait tel un catalyseur recevant tous les éclats d'une société en mouvement. Son ombre voûtée attirait à elle les bris des paroles prononcées. Sa conscience se laissait saisir par les frimas des dernières nouvelles venues d'Allemagne, annonçant l'imminence d'une guerre. Les secousses sismiques occasionnées par les grèves à Prague galvanisaient son être frêle qui sautait de ligne en ligne comme un gosse dans les cases de craie d'une marelle. Sa carcasse dégingandée devenait le réceptacle de tous ces soubresauts.

Sadegh me dit qu'il a lu le Pessoa la nuit pleine d'orage ayant succédé à notre rencontre et que l'amant d'Hadrien lui a semblé très familier – *The rain outside was cold in Hadrian's soul* [12], scande-t-il. En libraire zélée, je le renseigne un peu sur l'auteur portugais et lui apprends que Fernando endossait souvent d'autres identités : Alberto Caeiro était l'auteur des *Poèmes païens*. Ricardo Reis, celui des *Odes*. Il y avait aussi Alvaro de Campos, le poète sensationniste décrétant – *Nous avons tous deux vies : La vraie, qui est celle que nous avons rêvée dans notre enfance, Et que nous continuons de rêver, adulte, sur un fond de brouillard. La fausse, qui est celle que nous vivons dans le commerce des autres, Celle qui est pratique et utile, Celle où nous finissons dans un cercueil*[13].

Je souscris à la pensée du poète portugais, auquel Sadegh me fait irrésistiblement penser. Si je regarde en arrière pour envisager ma vie, je vois disparaître l'ombre de mon corps qu'une instance terrible m'a interdit de contempler. Je sais alors que la forme qui vient de se dissoudre dans les souterrains n'est autre que le rêve de mon existence – la vraie – noyée dans les douves et les grands puits de la mémoire, tandis que l'autre – la fausse – fait semblant de marcher sous le soleil et de croire à ce qu'elle voit. Comme Pessoa, je me dilue dans le doute et les heures. Les identités kaléidoscopiques enjolivaient l'existence du poète portugais à la manière des chandelles votives et sa conscience finissait toujours par s'éteindre dans une flaque de cire. Quant à moi, qui peut me convaincre que je suis autre chose que la poussière grise d'un bâton d'encens dédié au culte d'un dieu abscons ?

Sadegh me dit qu'il a écrit sous un pseudonyme[14] lui aussi, mais qu'à la différence de Franz, il n'a jamais tenu de journal. Le récit de ses jours s'inscrit dans notre dialogue. Il se contente de me parler. Et moi je lui reparle de Franz, en évoquant un *heureux hasard.* Alors il fronce les sourcils, allume une cigarette, inspire, puis, tandis qu'il relâche les muscles de son visage, les mots sortent de sa bouche en même temps que la fumée. Il me dit qu'il n'y croit pas, qu'il ne s'agissait pas d'un *hasard.* Il me soutient que j'ai cherché Franz et que des années après je suis venue à Paris pour le rencontrer, lui, car j'étais condamnée à établir des liens entre leurs deux existences. Quand il prononce cela, il joue avec son briquet et le cliquetis de la pierre contre la molette scande chacune de ses paroles, nettes, tranchantes comme un oracle.

Il se saisit de l'étole fleurie et la jette sur le matelas pour le couvrir. Du plat de la paume, il en lisse les plis. Il ordonne le désordre de sa nuit. Il formule avec une incroyable lucidité ce que moi-même je ne suis jamais parvenue à me dire clairement. Je suis soulagée d'entendre quelqu'un énoncer ce qui constitue l'énigme de toute ma vie. Celle décidée par ma mère sur son lit d'agonie et avec laquelle j'ai dû faire, bon an mal an. – Je crois aux familles d'écrivains, poursuit-il. Je crois aux fratries d'auteurs, aux généalogies d'artistes. Des affaires de consanguinité. C'est très étrange vous savez, Luce. Et ceux qui établissent les liens entres les écrivains sont les lecteurs. Vous n'êtes pas venue à nous de façon fortuite. Il fallait que vous nous réunissiez. C'est vous qui écrivez l'*histoire*. Notre *histoire* en clair-obscur.

Pessoa vouait un culte à Omar Kayyham. Pour cette raison, son œuvre aurait pu croiser celle de Sadegh depuis longtemps. Mais sans doute était-ce à moi de faire le lien. C'est cela, oui, je suis une passeuse et si par ailleurs mon cher Franz a toujours été l'idole de Sadegh – qu'il a traduit et auquel il a même consacré un essai[15] –, c'est notre rencontre dans la librairie qui a parachevé le miracle du *lien*.

Sadegh ouvre la fenêtre et dépose dans le conduit de la gouttière une soucoupe contenant un morceau de margarine. – C'est pour les moineaux. Les nuits sont encore fraîches. Puis avec sa voix blanche, il revient à l'Iran. Lorsqu'il est rentré à Téhéran en 1930 à cause de ses difficultés financières, il a dû admettre que son pays connaissait une situation très éloignée de celle que vivait la France. En dépit des efforts de modernisation, l'empire du shah restait une nation archaïque, pleine de lenteurs et d'obscurantismes. Tout lui semblait alors d'une insupportable médiocrité. Il suffoquait et avait la sensation d'être *enterré vivant*. D'après lui, le pays ne se relèvera de la décadence intellectuelle qu'il traverse qu'à la lecture des grandes œuvres que l'Occident a produites. Mon ami se considère aujourd'hui comme un truchement entre les deux mondes. Il dit être un écrivain de la *transition* (d'ailleurs, à naviguer entre deux eaux, je crois que tous les artistes le sont), écartelé entre l'Iran moderne qui fait ce qu'il peut pour accueillir la modernité, et l'Iran obscur qui résiste à toute tentative de changement. Pour assurer la transition, il y a la traduction. D'après lui, elle se situe au cœur de la création, un écrivain étant toujours un traducteur. Un auteur fait miel de tout, même quand il n'écrit pas. Il est le témoin. Voir, entendre, toucher, sentir, goûter, c'est écrire. Et écrire c'est traduire la réalité. L'exercice de traduction donne à l'enveloppe humaine toute sa densité. Sans cette tentative de saisir le monde au moyen des mots, le corps incertain ne recouvre aucune intégrité : il est broyé.

En même temps qu'il se retourne sur sa vie, il attrape un verre à whisky. Il souffle dessus pour en décrocher la poussière et me verse deux doigts d'un mauvais vin. Sur le verre apparaît l'empreinte de ses doigts. Les sillons blancs et graisseux dessinent un monde semblable à un archipel minuscule. Je bois d'un trait l'univers que m'offre Sadegh. Il boit avec moi. Nous buvons ensemble le mauvais vin pour être moins tristes. Et nous le trouvons bon.

De la vision et de l'énigme – Prague, 18 septembre 1912

Franz aimait que je passe le midi à la Compagnie pour lui porter un panier contenant son déjeuner. Ses collègues avalaient des plats fumés comme le *krhovicka*, le *pecinka*, le *narez*, le *taliany*. Végétarien, Franz ne me réclamait que du pain beurré, du lait et du yoghourt. Quand je pénétrais dans les bureaux, j'étais saisie par la mauvaise odeur des gamelles : un mélange de fragrances inconciliables entre elles me piquait le nez. Je reconnaissais l'odeur du chou, celle du hareng, de la purée de pois, du vin trop jeune, du lard et des oignons frits. Les voix surtout. C'étaient les voix qui venaient à moi comme des vagues :

c'est le petit monsieur qui lui a dit cela, la semaine dernière,

la scarlatine, vous rendez-vous compte, et la fièvre qui ne tombe pas,

l'été n'en finit pas, je ne supporte plus le climat, je pense m'installer au nord,

mon chéri, elle vous regarde, vous ne devriez pas faire cette tête, on lit en vous comme dans un livre ouvert,

la scarlatine, c'est grave, la scarlatine,
il faudrait changer l'eau des fleurs et arroser les plantes,
une odeur d'eau croupie,
je déteste le champagne, et vous ?,
original,
mais que voulez-vous que je vous dise ?,
la scarlatine,
on dirait un enfant surpris avec les doigts dans le pot de confiture,
je vous en prie,
ma robe est toute froissée,
si encore il n'y avait pas cette fièvre,
du poisson salé, avec des fèves ?,
c'est une très mauvaise idée,
je connais un docteur à Tübingen,
on dit qu'il pourrait y avoir une guerre,
faudra bien qu'on y passe un jour, et tous sans exception,
oh regardez le ciel

L'été s'était enfin absenté de Prague. Franz était sorti plus tôt du bureau ce jour-là. Il m'attendait sous la verrière de la Compagnie car il bruinait. Il avait décidé d'une promenade, et moi, je suis restée en rade avec mon panier-repas. On a marché vers les quais puis on a traversé le pont Charles. On y a croisé la statue de saint Jean Népomucène, couronné d'étoiles. Devant le vicaire arborant crucifix et rameau doré, Franz m'a annoncé qu'il avait déjà en tête le dénouement de son prochain livre – Mon personnage finira comme Népomucène : noyé dans le fleuve.

Nous avons continué notre marche sur le pont. Ayant presque atteint l'autre rive, j'ai demandé à Franz s'il s'agirait d'un accident. Il a eu un rire moqueur. Revenant sur ses pas, il a posé ses paumes sur le piédestal de la statue puis a levé la tête pour jeter ses yeux dans ceux du fantôme. Alors il m'a précisé qu'il serait question d'un assassinat comme dans le cas du pauvre saint. Je ne connaissais pas l'histoire de Népomucène. Franz m'a donc expliqué que le vicaire de la cathédrale Saint-Guy, confesseur de la reine Sophie, avait été précipité dans la Vlatva sur les ordres du roi de Bohème, Wenceslas, furieux que son serviteur ait refusé de lui livrer les aveux d'adultère de son épouse. Il a ajouté qu'à l'endroit où la rivière avait rendu le corps, une couronne de cinq étoiles était apparue dans le ciel. – Mais mon personnage n'aura pas droit à de tels hommages. Sa mort sera rapide. Banale. Silencieuse.

Le ciel noircissait. J'ai voulu savoir qui serait l'assassin. – Le père. L'assassin est toujours le père, m'a répondu Franz.

Il pleuvait de très grosses gouttes. L'averse noyait tout. On a couru jusqu'à une auberge. On a commandé du thé brûlant. Franz avait la mine défaite. Je ne comprenais pas pourquoi car il avait l'air absorbé par son travail depuis quelques jours et je pensais que l'écriture devait le porter. Que ces moments recherchés l'aidaient à oublier les heures tristes perdues à la compagnie d'assurances. Il n'en était rien.

L'écriture se refuse à moi.

Mais vous venez de me dire que vous teniez une trame merveilleuse pour votre nouveau livre.

Un infanticide ? Vous appelez cela une *trame merveilleuse* ?

Qu'importe le sujet. Ce qui compte, c'est l'enthousiasme que vous y mettez, n'est-ce pas ?

Penser à la part de monstruosité d'un père ne m'enthousiasme en rien. J'ai simplement besoin d'écrire sur la question. Or je peine à avancer dans l'élaboration de l'histoire car celle de mon personnage ressemble trop à la mienne.

Vous écrivez donc une sorte d'autobiographie ?

Malheureusement.

Je ne vous comprends pas.

Quand les mots se dérobent, je regarde ma vie, j'investis mon existence, je glane ici et là de menus détails que je transforme légèrement ou pas du tout et je commence à écrire. Je n'invente rien, c'est affligeant. Je n'ai aucune imagination.

Mais est-elle si importante pour ce que vous avez à faire ?

Si j'en étais plus généreusement doté, elle me serait d'un grand secours. Mais que voulez-vous, Luce, j'ai la fantaisie d'une pierre.

Vous êtes sévère.

Il le faut si je souhaite construire ce nouveau livre. Je le vois un peu comme une maison en laquelle je pourrais me réfugier. Une maison qui serait un terrier, un souterrain, ou encore une grotte troglodyte. Une maison solide.

Et vous y parvenez ?

Absolument pas. Alors je construis une autre maison à côté de la première. Une sorte de cabane en bois, au mieux en vilain torchis. Elle est composée des éléments de ma vie ordinaire et non de ceux que m'offrirait mon imagination si celle-ci était opérante. Cette cahute ne me protège pas. J'y sens le vide, les courants d'air passer entre tous les interstices de sa structure défectueuse. L'hiver, on y meurt de froid. L'été, on y crève de chaud.

Vous habitez donc simultanément ces deux maisons : celle à moitié construite et celle à moitié en ruines ?

Et cela me rend fou. Je ne suis d'aucun territoire réel ou imaginaire. Je suis un homme de l'entre-deux mondes. Un être du milieu qui jamais ne peut être satisfait de rien. Je sonde, j'excave le sol, passant d'une maison à l'autre, tentant de finir la première puis d'achever la seconde, mais en bêchant je m'épuise et ne fais que creuser ma tombe.

Du blême criminel – Paris, nuit du 5 au 6 avril 1951

Nous avons bu la bouteille de mauvais vin dans les verres à whisky.

Sadegh me parle de son père ou plutôt de *ses pères*. Son géniteur était un haut dignitaire iranien et rêvait pour ses fils d'un destin de grand commis d'État. Mais lui est resté la brebis galeuse (et gauchiste) de la fratrie. Si son père a toujours été bon et aimant, les membres de la famille ont eu tôt fait de montrer du doigt le fils indigne. Chez les Hedayat, on ne compte plus les prestigieux fonctionnaires du régime impérial : général, chef d'état-major, médecin personnel du shah, chef du cabinet ministériel, ambassadeur, Premier ministre. Et Sadegh qui s'entiche de littérature, vit à Paris, choisit la bohème, les opiomanes surréalistes, les diatribes communistes de Breton et le parfum écœurant des claques interlopes à Pigalle : la chose a forcément scandalisé. Pourtant, le choix audacieux d'embrasser une carrière littéraire aurait pu être inspiré par la figure de l'arrière-grand-père, Reza Gholi Khan, qui, en plus d'avoir été un poète célèbre en son temps, eut la décence politique d'occuper des postes de trésorier, d'ambassadeur et de précepteur à la cour. Mais

Sadegh n'a hérité du poète officiel qu'une propension naturelle à l'alcool et à la mélancolie.

On s'arrange des héritages comme l'on peut.

Moi, je trouve que le spleen de mon ami iranien rend son français éblouissant. Jamais je n'ai entendu la langue de Molière chantée avec tant de justesse. Mon poète choisit les mots avec parcimonie et la précision du lexique s'intègre à une syntaxe aux contours inédits qui laissent deviner leur proximité d'une frontière avec la Perse. (Il lui arrive d'oublier les articles définis qui n'existent pas dans sa langue et il se moque des genres, absents du farsi.) Le français de Sadegh rapproche les mondes. Le français de Sadegh contribue à ne placer entre l'Orient et l'Occident que la discrète arcane d'une proposition, que le subtil filament d'une phrase toute simple superposant les territoires, cousant les latitudes entre elles, permettant au jour de se déverser dans la nuit.

Telle est la magie de sa prose : son français-persan réconcilie. Alors il me conte le miracle de la rencontre avec son second père : le prêtre Ricté, connu au collège français Saint-Louis. C'est dans cet établissement fondé à Téhéran en 1862 par les lazaristes qu'il a appris la langue de Voltaire. Au départ, l'attrait exercé par une grammaire difficile et lointaine ne procédait que d'un choix stratégique : en Iran, c'est par le français que l'on peut prétendre occuper un jour de hautes fonctions administratives, comme le souhaitait son premier père. Or, loin de le faire rentrer dans le rang, cette langue d'adoption lui a permis de s'inventer un autre programme aux côtés du père Ricté, homme merveilleux de culture et d'humanité. En plus du français, ce prêtre éclairé lui a transmis sa passion pour les lettres. En échange, Sadegh lui a donné des cours de farsi. Le bon maître a fait lire à son élève Mérimée, Gautier, Maupassant, Gobineau, Baudelaire, Poe et Hoffmann. Sans chauvinisme aucun, il a orienté les goûts du disciple vers la littérature russe, allemande, espagnole, ainsi qu'en direction de tout ce qui lui semblait beau. Durant cette période bénie, Sadegh a fréquenté assidûment la grande bibliothèque de l'Alliance française à Téhéran et a baigné dans une atmosphère culturelle pro-française du fait des traductions littéraires qui paraissaient dans la presse et les revues.

Il débouche une autre bouteille de vin.

Il est temps d'en venir au troisième père : le shah. Il est le joug, la censure, l'autorité. Les deux essais que Sadegh a publiés à vingt ans lui ont aussitôt attiré les foudres du régime. Reza Khan[16] entravait toute liberté de parole et de conscience. Un contrôle total était imposé à chaque sphère de la vie sociale et intellectuelle. Un climat de peur et de suspicion générale s'était installé dans le pays. La plupart des écrivains risquaient leur vie à commettre des œuvres. Sadegh s'est construit dans la peur. Il en connaît les subtilités et les mauvais tours, mais c'est aussi grâce à elle qu'il a appris à écrire. La peur a sculpté sa phrase, modelé son lexique, cisaillé ses paragraphes à la manière d'un orfèvre, élevant l'artiste dissident au rang de maître joaillier. – La censure est mère de la métaphore et le tyran père légitime du génie, s'exclame-t-il en levant son verre avec des larmes dans la voix. Ses yeux restent secs.

Le génie de Sadegh s'inscrit en faux. Il est le fruit d'une imposture et en cela éclatant de vérité.

Avoir trois pères n'est peut-être pas une chose si bizarre au fond. J'en ai bien deux. Mon géniteur et Luigi. Le premier m'a imposé la vie puis s'est défilé. Le deuxième a été un cadeau de la vie et je l'ai aimé. Mais s'il en faut un troisième, Sadegh est peut-être celui-là ? Sadegh, dont le visage est parfois celui de Franz. Mes deux hommes obscurs, répliques du premier. Occasion double pour moi d'éclaircir la photo sépia déchirée par ma mère.

Nous sommes ivres. Nos deux corps flottent dans le temps et les dimensions infinies de la chambre rue Championnet. Depuis combien de temps parlons-nous ? Où sommes-nous en vérité ? À Paris ? Prague ? Téhéran ? Pourquoi m'est-il nécessaire de faire l'expérience de toutes ces époques et de tous ces lieux pour me connaître et cesser d'être la fille de Personne ? Je me dissous comme un morceau de sucre dans la mélasse noire bue à 3 heures pour dessoûler. Je voudrais qu'il me prenne. Qu'il me couche dans la malle. Qu'il me coupe en mille morceaux pour que je devienne un récit, une stance, un poème calligraphié dans l'un de ses cahiers. Faire partie de l'histoire. Ne plus être dans les marges. *Être écrite*. Que sa main de boucher, en me découpant, soit en même temps celle qui me sauve. Mon corps d'écorchée se tient debout face à lui. Même taille. Même odeur. Même haleine vineuse. Même désespoir. Je ne suis plus seule.

Parfois, je me dis que mon père est mort depuis longtemps. Sa mort est en moi comme son absence. Pourtant, il me semble qu'il est plus présent encore que la personne en train de me parler, avec son corps, son visage et ses mots pourtant pleins de vie. J'habite deux mondes. Un monde extérieur, celui que fréquentent les vivants, et un monde intérieur, habité par les morts. Mon père mort est le seigneur de ce monde. Un monde souterrain. Un monde de mots, d'encre et de papier. Le monde de l'œuvre à faire. Ainsi le monde mélancolique, *intranquille*, est le royaume du père mort.

J'ai longtemps voyagé pour retrouver le père mort, afin de répondre au souhait de ma mère. Comme je la haïssais pour cela. Son injonction corrompait toutes mes relations avec les hommes. Il me semblait parfois qu'à cause d'elle je les recherchais pour les conduire au trépas, alors qu'en vérité je ne leur souhaitais que du bien. Je me dégoûtais et trouvais bien souvent ma seule façon de leur parler ou de leur serrer la main parfaitement méprisable car toujours empruntée du désir inconscient de leur nuire. Ainsi, si j'avais souvent éprouvé des difficultés à me trouver légitime dans tel ou tel domaine, celui auquel ma mère m'avait assignée – la vengeance – m'encombrait singulièrement.

La *légitimité*. La question revenait sans cesse. Telle une ritournelle. Je n'étais la fille de Personne. *De Personne. De Personne. De Personne.* Car c'est le père qui adoube un enfant spirituellement. Et c'était cette reconnaissance-là que je recherchais. Éperdument. Je portais le nom de ma mère, j'avais hérité d'elle la couleur brune des cheveux, la carnation olivâtre de la peau, la noire profondeur du regard, la voix haut perchée, les petits seins, la taille fine mais les jambes charnues, les mains aux doigts courts et aux ongles rognés, témoins d'une nervosité maladive commune à nous deux. Si je n'ai jamais trouvé ma mère jolie, je me trouvais encore moins de grâce. Peut-être me serais-je estimée davantage, si un père m'avait dit un jour que j'étais belle. Car je reste convaincue qu'une fille tient son assise de ce que son père lui a dit concernant sa capacité à séduire, à donner de l'amour et donc à en recevoir. Le dialogue n'ayant jamais eu lieu dans mon cas, je ne bénéficie pas de l'aplomb que j'observe et envie chez celles qui en plus d'être ravissantes peuvent dire en toute heure, en tout lieu, et au nez de n'importe quel abruti – Mon père va venir vous faire la peau, si vous continuez à m'emmerder.

Ne le connaissant pas, je ne me connais pas. Je suis aussi improbable que la fille au châle sur le cliché, arrachée à la vie de mon père. Ma mère aurait pu m'en dire plus, m'indiquer les villes où il s'était rendu, m'évitant par la même occasion de piller le courrier de ma tante, Mina. Ainsi j'aurais pu marcher sur ses traces et comprendre qui j'étais car j'aurais vu les mêmes couchers de soleils que lui, bu dans les mêmes tavernes, acheté le même tabac, peut-être dormi dans les mêmes draps. Sans le savoir, j'aurais senti que tout mon être coïncidait avec le grand monde car mon corps aurait parfaitement épousé le moule de ses origines.

J'aime me dire que je suis sortie du ventre de mon père et non de celui de ma mère. Je suis la fille de l'homme que je ne connais pas. Je suis la fille de la nuit, du silence, de la fuite. Je suis celle qui cherche. Les hommes que je pourchasse sont là pour me montrer un fragment de l'être qui m'est si cher. Les hommes que j'aime, admire, avec lesquels je fume ou bois, sont des bris, des parcelles du seul homme qui ait jamais compté à mes yeux et que je suis condamnée à deviner au hasard de mes rencontres.

Ma perfection, je la tiens de mon père. Tout ce que je hais en moi vient de ma mère. Je reconnais qu'il est beaucoup plus facile de le penser idéal – lui – puisque rien ne pourra jamais venir contredire le mythe que l'absence a forgé. Sa fuite a fait de lui mon Dieu et la constance de ma mère un prétexte à toutes mes colères. Car je lui en veux de ne pas avoir su le retenir. De ne pas avoir été assez belle pour qu'il s'installât à jamais parmi les meubles de notre petit appartement berlinois.

À présent, c'est comme si la pénombre venait de lui. Que dis-je ? La nuit entière, toute la nuit. Je dois descendre dans la rue au petit jour avec Sadegh. Quitter l'appartement et son odeur de caveau.

Nous dormons debout. Nous déambulons rue Ordener comme dans un rêve. Aube. C'est l'heure du marché. Nous voyons des cervelles de mouton trembler dans les plats ovales du boucher. Sadegh me dit qu'il faut – *Entrer dans les crânes*. Oui, le monde est un labyrinthe qui renferme un secret monstrueux. D'escale en escale, il faut parvenir jusqu'au Père-Minotaure sans se faire dévorer. Dévider le fil des rencontres. Engager la discussion avec Thésée qui prendra la place du monstre adoré. Thésée est vrai. Il existe. À la différence de l'image de mon père. Du fantôme sépia de mon père.

De la voix du créateur – Prague, 20 septembre 1912

Hermann Kafka était l'ennemi juré de Franz. Quand à 6 heures je lui servais son petit-déjeuner avant son départ pour la boutique, je ne pouvais m'empêcher de songer au mal qu'il faisait à son fils avec ses grosses manières, sa dureté, son intransigeance injustifiée à raison de la gentillesse de son garçon. Lorsque je le voyais engloutir ses petits pains au lard et me redemander un bol de café au lait sans même poser les yeux sur moi, me revenait en mémoire la terrible indifférence qu'il manifestait toujours quand Franz lui parlait de ses livres. Chaque fois qu'il lui portait un nouvel opus, le patriarche ordonnait qu'il allât le poser sur sa table de chevet et grognait qu'il le *consulterait* plus tard. Car il ne disait jamais *lire* mais *consulter* ou encore *regarder*. Les livres du fils étaient donc des objets qu'éventuellement il *regardait*. Il n'était surtout pas question de les lire car il aurait fallu y plonger, s'y investir, et prendre le risque de les aimer. Or de ce garçon maigre et noiraud, rien d'aimable ne pouvait être admis. Et les livres s'empilaient sur la table de nuit en même temps que les tonnes de ressentiments dans un coin du crâne de Franz.

Heureusement, mon ami possédait une méthode infaillible pour extraire de sa caboche triste la folie qu'y avait déposée son père. Il tenait ce fameux *Journal*, lequel endossait la fonction d'une véritable pierre de folie. La lithonomie agissait efficacement sur son moral et je pouvais savoir, rien qu'en le voyant pénétrer au salon ou même à sa seule façon de placer son chapeau sur sa tête, qu'il venait de confier ses pensées au *Journal* et que celui-ci lui avait permis de nettoyer son âme.

Franz laissait son *Journal* bien en vue sur son bureau, telle une invite à en lire les pages, alors qu'il aurait pu le glisser dans l'un des nombreux petits tiroirs dont le meuble était pourvu. Aussi plusieurs fois l'ai-je fait en cachette, je l'avoue, et ces incursions répétées m'ont ensuite poussée à aller plus loin en lui dérobant un manuscrit comme l'on sait. Même si je devinais qu'il avait à maintes reprises détenu les preuves de mon indiscrétion (comme cette tache de confiture griotte sur une page), jamais il n'a manifesté le moindre signe de colère. Bien au contraire, je pense que Franz était heureux que je sois de cette manière sa complice, et qu'il comptait d'ailleurs sur ma curiosité. Mes intrusions dans sa prose secrète lui permettaient de dialoguer avec moi par l'écrit, puisque dans la vie il lui était si difficile de le faire. Et quand dans le *Journal* il écrivait sur le feu, je voulais croire que ses mots m'étaient adressés : *Le trou que l'œuvre géniale a creusé par le feu dans ce qui nous entoure nous offre une bonne place où poser notre petit flambeau*[17].

Je me souviens encore de ce passage aujourd'hui. Je l'avais immédiatement recopié avec la ferme intention de m'en inspirer pour ma thèse. Comme pour me guider, Franz avait glissé entre les pages de son *Journal* un feuillet arraché au bloc du papier à lettres paternel. Le signet à en-tête était placé à l'endroit précis où il était question de l'œuvre et du feu. Amusée, j'ai songé qu'il s'agissait peut-être d'une pratique magique, destinée à précipiter le méchant Hermann dans les flammes :

HERMANN KAFKA

PRAG I.,

ALTSTADTERRING No. 16

Palais Kinsky

GALANTERIEWAREN EN GROS.

Sachverständiger des k. k. Landes- als Strafgerichtes.

Postsparkassen-Konto No. 2 131.

TELEFON No. 141.

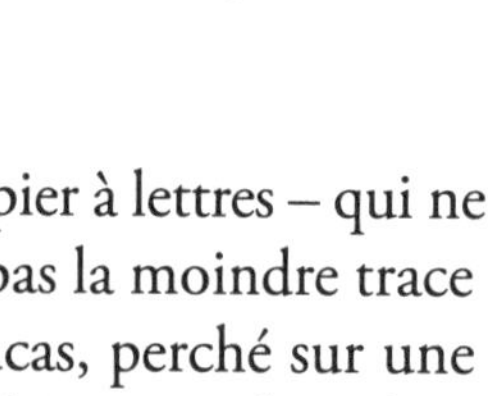

En bas du papier à lettres – qui ne montrait malheureusement pas la moindre trace de brûlure – il y avait un choucas, perché sur une branche d'olivier, *kafka* en tchèque voulant dire *choucas*.

Franz et moi trouvions que le choucas d'Hermann ressemblait à un corbeau. L'affreuse bestiole permettait au père d'imposer sa signature partout dans la maison et terrifiait son fils. Alors, je rassemblais les sinistres pages qui traînaient à chaque étage et m'escrimais à rassurer le garçon. Franz estimait cocasse toute cette correspondance vide, éparpillée dans la maison, alors que lui et son père ne communiquaient jamais. La lucidité de mon pauvre ami ne faisait que lui retourner la rate et chaque jour qui passait augmentait l'aura d'un père qui puisait sa puissance dans le désarroi d'un rejeton parfaitement soumis.

Franz m'a dit qu'un jour il écrirait une lettre à son père.

Hermann régnait en patriarche intransigeant sur le Palais. Il était brouillé avec sa fille aînée, qui lui avait échappé en se mariant. Il lui restait cependant deux cadettes à houspiller ainsi qu'un fils unique à humilier. Jadis, il y avait deux autres garçons, morts en bas âge, m'a appris Franz un soir qu'il m'aidait à porter les seaux de charbon en remontant de la cave. – Ainsi, ils ont eu la chance de ne pas connaître l'Ogre, a-t-il conclu en jetant les cokes dans le poêle.

Je n'avais aucune sympathie pour celui qui me payait. Comme Franz, je le considérais tel un juge partial qui se cachait derrière la Loi, celle du judaïsme, ou une autre, plus terrible encore, qu'il s'était inventée pour régner et que lui seul comprenait. En septembre, une épidémie de grippe s'est répandue dans Prague. C'était assez rare qu'en cette saison la maladie hivernale pointât son nez si tôt. La population la plus fragile a écopé. On comptait les morts. Vieillards et nourrissons ont été terrassés par les fièvres. Franz est tombé malade lui aussi, ce qui a échauffé le père, exaspéré par un fils petite nature, plus fragile qu'un nouveau-né, souffreteux comme une octogénaire.

Franz rongeait son frein au fond du lit, se forçant à avaler les bouillons de légumes que je lui portais. Dans l'étuve de la chambre – que j'avais beau aérer, il y planait sans cesse une drôle d'odeur, celle de la peur aurait-on dit –, Franz se livrait – Si l'on est toujours *fils de*, on n'est pas nécessairement *père de*. Et même si on l'est de fait, on peut renoncer à le rester en reniant son enfant. Pour un fils, la chose est impossible. Le fils ne peut se libérer du joug ni de cette puissance tutélaire. Je sens toujours son haleine sur ma joue. Sa grosse main frappant entre mes omoplates pour tester ma force, ma capacité à ne pas ciller. Et bien sûr, je trébuche. Comment marcher droit ? Comment rester fermement campé sur ses jambes quand l'Ogre vous ébranle avec ses fausses accolades qui ne sont rien d'autre que des coups déguisés ? Je voudrais être une souris et disparaître dans la faille d'un mur. Ma mère ne m'est pas d'un grand secours quand l'Ogre me bat. Elle reste dans son coin à coudre, ou à dénoyauter les cerises pour la *Schwarzwald* qu'elle prépare pour son époux, l'odieux gâteau allemand bourré de ganache étant la pâtisserie préférée de mon père.

Mû par le fantôme du judaïsme mais très certainement athée, Hermann se rendait au temple quatre fois par an. Il obligeait Franz à l'y suivre.

Un vague relent de Torah émanait toujours de ses propos, de son style, mais ce n'était qu'une posture pour justifier sa toute-puissance et son être au monde, être massif, bloc de pierre, Commandeur se tenant devant le fils, le jugeant, et ne souffrant aucune contestation. Les quelques ratiocinations que tentait Franz de temps à autre pour faire remarquer à son père que son rapport à la religion n'était qu'une parade, avaient le don d'exaspérer le Juge. Il estimait ses propos intolérables et avait même convenu avec le rabbin que Franz soit appelé à lire la Torah en public, histoire de l'obliger à ravaler son audace et à se soumettre. Un samedi, quand sous le *talit* à franges tout le corps voûté du fils a lu le Texte des textes en bégayant, celui du père s'est raidi de plaisir.

Il est le plus fort, la puissance incarnée, s'est lamenté Franz en rentrant du temple.

Ensuite, le pauvre garçon m'a tout raconté : les simagrées d'Hermann paradant devant le rabbin, sa clientèle, quelques belles femmes de la ville comme cette cantatrice, Joséphine, découverte un soir à l'opéra dans *Les Noces de Figaro* et qui l'avait fort troublé dans son rôle de comtesse abandonnée. Franz m'a dit que son père avait ensuite commenté le livret avec Julie une bonne partie de la nuit, stipulant qu'une créature comme la comtesse méritait tous les égards et qu'il était honteux de ne pas honorer autant de vertu.

Le sermon fit son effet car, rendue toute chose par les propos édifiants de son époux, Julie a débouché une bouteille de vin français et la causerie s'est prolongée tard dans la nuit. Vers 1 heure du matin, complètement ivres, les deux se sont précipités dans leur chambre et Franz m'a précisé qu'ayant sciemment laissé la porte ouverte pour être entendus, ses géniteurs avaient rempli la maison des râles d'un rut sauvage, auxquels se mêlaient les mots obscènes des époux que Mozart et le bordeaux venaient de réunir.

Il voulait que je l'entende. Il souhaitait me faire honte, a-t-il conclu en fixant les globes du plafonnier.

C'est alors que j'ai pris la mesure de la haine que le jeune homme vouait au Juge. C'était une haine pétrie de terreur. Ce Dieu de la maison faisait semblant de croire et d'aimer, mais n'avait pas la foi. Il jouait et parvenait à berner tout le monde. Il niait Allemands, Tchèques et Juifs pour ne croire qu'en lui-même. – J'aimerais tant que ce soit si facile. Avoir son aplomb. Or tout est voûté chez moi.

Franz s'est tu à nouveau. Il se retenait de pleurer. Puis il est allé chercher très profondément en lui les moyens de sourire. Il a même fini par rire franchement, confiant qu'il avait surpris une conversation entre son père et le vieux Wittstein au magasin et compris alors pourquoi Hermann avait renoncé à sa vestale préférée : l'idylle avec Joséphine avait pris fin le soir où le vieux Dom Juan réalisa que la créature s'enroulait autour du cou les rideaux de perles en résine accrochés aux portes du boudoir de sa loge. Il était rentré vers 23 heures après le spectacle. Julie l'attendait, anxieuse, et sut qu'elle l'avait reconquis quand, ôtant son feutre et ses gants doigt par doigt, Hermann avait décrété – La vulgarité est une chose qui me répugne, je sais d'où je viens, je sais où je vais, et davantage encore qui je suis. Il y a des principes dans ce monde avec lesquels on ne peut transiger.

Hermann était retombé sur ses pieds. Il avait certainement fauté, trahi, joui dans l'ombre, mais il triomphait une fois encore. Et toute la maisonnée s'inclinait devant le Juge qui, quel que fût son crime, profitait de toutes les indulgences dues à son titre. Le Grand Pardon et sa mascarade se rejouaient chaque jour sur les tréteaux improvisés du palais Kinsky.

Alors qu'il ne lui était jamais venu à l'idée de lire un livre de son fils, Hermann ratissait en revanche le Livre des Rois. Il était particulièrement attaché aux versets du livre I, concernant la "Construction du Temple" ordonnée par le bon roi Salomon à qui, bizarrement, il devait s'identifier.

Le roi Salomon organisa les travaux obligatoires, auxquels 30 000 Israélites durent participer.

Chaque mois, 10 000 d'entre eux étaient envoyés sur le mont Liban, où ils dépendaient d'Adoniram, le responsable des travaux obligatoires. Ils y travaillaient pendant un mois, puis revenaient passer deux mois chez eux.

Il y avait aussi 70 000 porteurs et 80 000 tailleurs de pierres qui travaillaient pour Salomon dans les montagnes, sans compter les 3 300 contremaîtres, subordonnés aux gouverneurs de Salomon, et qui surveillaient l'ouvrage de cette foule de travailleurs.

Conformément aux ordres du roi, ils extrayaient et taillaient de belles grandes pierres pour les fondations du Temple[18].

Franz savait que son père mastiquait quotidiennement le passage relatif à la construction de cette fourmilière, y trouvant des principes qui le mettaient en joie, tels *le labeur* et *l'autorité.* Il s'en délectait et son fils était convaincu qu'il considérait sa boutique comme le Temple de Jérusalem, abritant son trône ainsi que l'Arche d'Alliance. Celle-ci contenait les Tables de *sa* Loi, et y obéissaient quantité de serviteurs zélés, à savoir les employés du magasin, que Franz connaissait bien et pour lesquels il cultivait une sympathie à géométrie très variable.

Il existait un second passage du Texte. Plus terrible encore. D'ailleurs mon jeune ami supposait que son père avait pris modèle sur lui pour se substituer sans vergogne à la voix de Dieu.

Tu es en train de construire ce Temple pour moi. Eh bien, si tu te conduis conformément à mes lois, si tu agis selon les règles que je t'ai données, si tu te préoccupes d'obéir à tous mes commandements, alors (...) je viendrai demeurer dans ce Temple[19].

La possibilité d'incarner Salomon, ou du moins une version dégénérée et indue du bon roi, ne lui suffisait pas : il fallait qu'il se mette à parler comme l'Éternel. Or la voix de Dieu était celle du chantage. Sa présence au palais Kinsky n'était pas la garantie d'une protection, mais celle d'une aliénation. Inspiré par le Livre, le Patriarche avait édicté une Loi qui présentait les apparences de la magnanimité, alors qu'elle n'était que le soubassement d'une tyrannie domestique, passée à la moulinette paternelle, semblable à celle installée à côté de la caisse enregistreuse au magasin et que Joseph, le boucher, avait offerte à Hermann qui l'utilisait non pour hacher de la viande, mais *les doigts des mauvais créditeurs*. C'est ce que Herr Kafka déclarait en riant quand, intrigué, un client lui demandait à quoi servait cette hacheuse dans une boutique d'articles de fantaisie. Et chaque fois que Franz entendait la réponse de son père, en même temps qu'il voyait le ventre de celui-ci se soulever sous sa blouse de travail à force de hoquets, le garçon blêmissait et sentait une sueur glacée perler le long de sa colonne vertébrale. Il savait que son père ne plaisantait pas.

Remis de sa grippe, Franz s'est échappé du Palais et de son air rance afin de respirer un peu. Il m'a proposé de l'accompagner jusqu'au lac de Dzban pour une promenade en barque. Je l'ai suivi avec une joie non dissimulée, fière d'être une fois encore sa comparse choisie, d'autant que les fièvres semblaient avoir agrandi son front et dilaté ses yeux, au point que ce nouveau visage m'est apparu comme une promesse de révélation. Nous étions en septembre, le temps était magnifique, et Franz excellent rameur. La douceur de notre fugue n'est pourtant pas parvenue à juguler son angoisse. Il a continué à ruminer au sujet du Juge, en même temps qu'il empoignait les avirons qui lui faisaient de gigantesques ailes de bois. Fendant l'eau avec une force que je ne lui connaissais pas, il m'a expliqué qu'il concevait d'écrire un jour une sorte de diptyque. Le premier volet serait le récit d'un procès arbitraire.

Le second relaterait une absence de jugement et l'existence du héros resterait en suspens faute de verdict. Cependant, cette vacance permettrait au protagoniste d'embrasser sa propre loi intérieure et ainsi il aurait gagné. Ce diptyque serait la proposition d'une nouvelle Alliance. En se référant à cette loi inédite, le héros pourrait prendre congé du Père. Il annulerait la première loi et déciderait de la seconde. Même si celle-ci était désespérante, au moins elle serait sienne. – Le règlement ne veut pas être aimé, il demande à être supporté, a scandé Franz en lançant les avirons dans l'eau grise. Et s'il sait s'accommoder de la loi nouvelle, dans un élan d'obéissance ironique, le héros restaurera l'ordre. Son ordre.

Bien calée dans la barque, faisant face au rameur qui ne montrait aucune trace de fatigue, j'ai compris que si le premier récit entendait montrer un homme poursuivi par des autorités invisibles lui assénant un procès injuste, le second devait être le théâtre d'une renaissance survenue au sein d'un monde absurde – certes – mais où les juges restaient invisibles et obligeaient le héros à s'en remettre à son propre système. C'était ce monde de vide et de solitude effroyable que Franz s'était choisi. Il expérimentait chaque jour deux phases d'ambivalence face à l'Interdit, le mouvement double menant au triomphe de la volonté et à la découverte d'une forme de foi. Douloureuse et incertaine, la trajectoire du premier récit vers le second était comparable à un sentier de montagne menant au Temple. Et c'était dans ce Temple-là, ce Temple de mots, qu'il allait déposer la nouvelle Alliance.

Notes prises à la bibliothèque Clementinum

en 330 Constantin le Grand fonde à Constantinople la Bibliothèque impériale de Byzance le portique du palais compte 7 000 ouvrages chrétiens et autres ne travaillent en ce lieu prestigieux que des *antiquarii* calligraphes de haut vol et des écrivains un siècle plus tard le catalogue compte 120 000 volumens à Constantin succède Basiliscos tyran médiocre semant le trouble et dispensant le feu un monstrueux incendie ravage la collection de livres joyau de la Bibliothèque impériale la perte est irréparable on dit qu'un livre d'Homère copié en lettres d'or sur une peau de serpent de douze pieds de long a disparu dans le brasier les siècles passent le sanctuaire est rebâti les librairies sont réorganisées on importe les livres du monde entier on les copie on les loue *codex* et *volumens* sont l'orgueil de ce centre du monde qui constitue un pont de lettres entre l'Orient et l'Occident mais le feu s'invite régulièrement et dévore les syncrétismes les flammes sont ennemies du rêve œcuménique 1204 Constantinople est prise par les croisés nouvel incendie de la Bibliothèque 1453 année du grand incendie commandé par les Turcs 12 000 ouvrages partent en fumée si l'on s'enfonce vers l'Est on s'aperçoit que le sort de Bagdad principal centre intellectuel du Proche-Orient est révélateur de la rage barbare des temps contre le savoir dirigée par des shiites la bibliothèque est incendiée par les sunnites lorsqu'ils arrivent au pouvoir au XIe siècle puis elle est ravagée au XIIIe siècle par les Mongols et deux siècles plus tard par Tamerlan il existe d'autres tragédies plus intimes plus pathétiques encore comme celle du philologue Abu Hayyan al-Twhidi né à Bagdad au XIe siècle qui décide de brûler sa bibliothèque pour qu'elle ne lui survive pas et ne subisse pas les outrages des ignorants le monde de l'Islam sent le fagot lui aussi le calife Osman ordonne qu'on brûle 6 versions du Coran pour imposer la sienne au VIIe siècle par calcul politique de nombreux livres saints musulmans sont anéantis

L'heure du plus grand silence – Paris, 6 avril 1951

Franz se désespérait à l'idée que des textes qu'il jugeait imparfaits soient lus, raison pour laquelle il a demandé à l'ami Max de les brûler. Sadegh, l'autre nuit, a connu la même tentation, a commis le même crime. Bûcher des vanités. Il fallait en appeler au feu, ou à la combustion que produisent les heures lentes qui mènent à l'oubli. Bien qu'absolument engagés dans l'entreprise littéraire, même si l'écriture est restée leur fil à plomb et qu'ils ont tenu debout grâce à elle, mes deux amis ne se sont jamais considérés comme des écrivains. Les mots les ont invités. Ils se sont débrouillés avec eux. C'est tout. Quant à l'œuvre, il n'en a jamais été vraiment question. Elle est restée une vague hypothèse, une proposition tremblante au bord du vide, comme je le suis moi-même chaque matin dans la salle de bains face au miroir où je découvre le visage d'une inconnue, brûlé par les rêves déjà oubliés, dont le travail est encore à l'œuvre au vu des cernes et des ridules que la nuit a ajouté au travail de destruction des jours. La dissolution, l'effacement m'apparaissent alors telles des évidences, dont l'échéance se rapproche à une vitesse surprenante. En raison de ses conséquences cuisantes, cette certitude doit ressembler à la sensation de fournaise dans laquelle Franz et Sadegh sont entrés toutes les fois qu'ils ont écrit et que les mots n'ont fait que leur signifier qu'il n'y avait pas plus de rapport entre l'intrication laborieuse de leurs phrases et le sens recherché qu'il n'en existait entre un empereur – même le plus grand – et une aurore boréale.

La malle où Sadegh empile ses cahiers, notes, textes achevés ou en cours lui sert le plus souvent de table pour le dîner ou de divan improvisé. Il suffit d'y jeter une nappe ou trois coussins et l'affaire est conclue. L'objet est polymorphe et aime se détourner de sa première fonction. Ainsi, sur les mots enfouis, nous déjeunons ou palabrons. Sadegh ne semble pas accorder à toutes les fables cachées dans la malle plus d'importance que cela.

Pourtant, quand je pénètre dans sa chambre, je ne vois qu'elle. Et je pense à la malle où le héros de *La Chouette aveugle* a déposé le corps en morceaux de la femme qu'il a découpée. Je ne peux oublier la lecture du passage qu'il m'a faite lors de notre première rencontre.

Cette malle est le cercueil des mots de Sadegh.

Sadegh ensevelit les mots. Il leur jette de la terre dans la bouche pour qu'y poussent des fleurs silencieuses. Des roses. Pas de bouquets pimpants. Des roses. Il tourne le dos au vacarme. Il est discret. Mutique. Maladivement mutique. Sadegh ne supporte pas les catégories. Artiste ? Écrivain ? Auteur ? Iranien ? Rien de tout cela. Un homme qui voyage et qui écrit en oubliant de signer. Appose-t-on une signature au bas d'une toile montrant des formes qu'on ne comprend pas ? Se saisit-on d'un ensemble aux bornes insensées, dont les marges côtoient l'éternité ? – Le nom, c'est pour les morts, bien inscrit sur leur pierre tombale, me dit-il, tout en hésitant un peu car il précise trouver aux sépultures anonymes une sincérité manifeste avec laquelle la vanité des typographies officielles ne peut rivaliser. Puis il en arrive à cette conclusion – L'écrivain est celui qui n'est nulle part. Le poète est celui qui ne signe pas car il n'a pas de patronyme. Il se dilue. Il est parlé par les mots eux-mêmes et puisque ceux-là sont presque infinis, les frontières de l'être grammatical et syntaxique – entièrement défini par le langage – n'existent plus.

Sadegh est une brume, un rai pâle tombé d'un soleil d'hiver, une goutte de pluie dans laquelle la forêt tout entière, immense et minuscule à la fois, se réfléchit. Et à la moindre brise, la goutte glisse sur la feuille duveteuse du groseillier pour aller s'écraser contre les mousses du sous-bois et plonger enfin jusqu'aux racines des chênes. Sous terre, la goutte de pluie engage un dialogue avec les ombres. Le séjour du poète dans le monde des vivants n'aura pas produit plus de bruit qu'une ondée. Il sera passé inaperçu pour échoir au seul empire des morts qui attendent dans le fouillis noueux des racines du grand chêne. C'est dans ce temple-là que le dialogue, l'authentique discussion commence.

Sous la terre.
Dans la malle.

III

FULGURANCES

Je n'écris que pour mon ombre projetée par la lampe sur le mur ; il faut que je me fasse connaître d'elle.

SADEGH HEDAYAT,
La Chouette aveugle.

Le chant de nuit – Paris, 7 avril 1951, 3 heures du matin

L'écrivain veille. Il se situe au seuil de la mort, mais refuse de fermer les yeux. Il faut exister. Il faut être fatigué. Il faut être *fils de*. Il faut être enfermé dans cette vie, cette fatigue, cette filiation pour écrire.

Passivité primordiale de l'écrivain insomniaque. Il n'y a que de l'éveil. Impossibilité de ne pas être. Impossibilité de mourir. *Il y a*. L'écrivain s'enlise dans le *il y a*. Dans une forme de vigilance perpétuelle. L'écrivain est le vigile épuisé. Il manque sa mort. Mourir ce serait s'échapper. Se reposer. Dormir enfin. L'écrivain ne dort pas. Il a conscience de l'infini. Il sait que quelque chose ne finira jamais. Et ce quelque chose, c'est son regard douloureux sur un monde qui, lui, dort et le nargue. Le monde assoupi peut se libérer par le sommeil. L'écrivain insomniaque ne se libère en rien. Il est prisonnier d'un temps qui ne part de nulle part et n'arrive nulle part.

Mots de Franz : *Je ne peux pas dormir. Je n'ai que des rêves, pas de sommeil*[20].

Sadegh ne dort pas. Il m'attend.

Moi qui ne suis pas écrivain mais amoureuse des auteurs, je me suis souvent fait la remarque la nuit, guettant le sommeil, que l'idée qui me traversait l'esprit était d'une clarté inouïe au milieu de tout ce noir. Précise dans son intensité, incandescente dans sa formulation. Ces moments situés entre veille et sommeil, ces pans de songe peut-être (en fait je ne savais jamais dans quelles eaux j'évoluais) étaient incroyablement propices à la formulation. Plusieurs fois, il m'est arrivé de me dire dans mon rêve que la phrase que je venais de prononcer serait digne d'être transcrite sur-le-champ. Mais puisqu'il est impossible d'écrire dans un rêve (même s'il nous fait voir très clairement les lignes d'un calepin ou les carreaux d'un cahier pour nous faire bisquer), j'ai pensé au cours du songe qu'il fallait que je me force à ouvrir les yeux pour noter l'idée qui s'était imposée avec tant d'évidence avant qu'elle ne fuie. (Je m'endors toujours en ayant posé un carnet et un stylo-plume sur ma table de chevet.) Mais terrassée par une journée de travail, je suis restée profondément endormie en dépit de l'injonction onirique et j'ai continué à entendre *la personne qui était moi* dans le rêve débiter des formules toutes plus brillantes les unes que les autres. Il s'agissait de cataractes d'exordes, d'avalanches de péroraisons, de déluges de sonnets, de surgissements de poèmes en prose, de tirades en pluie, de vagues roulant odes et églogues, d'éruptions iambiques. Bref, mes nuits loquaces charriaient le plein contenu d'une bibliothèque de professeur de rhétorique.

Or au réveil, évidemment, tout était perdu. J'étais muette et vide au fond du lit, alors qu'il fallait se lever pour mettre à chauffer l'eau de la bouilloire, que le café manquait dans la réserve, et que la journée allait être difficile comme me l'indiquait déjà cette sensation de pesanteur quand je tentais de me redresser dans le lit et que, levant le poignet droit, je traçais du bout de l'index tous les mots de ma nuit sur le mur de la chambre.

L'obsession des questions concernant l'écriture était venue quelques semaines après ma rencontre avec Franz. Avant, il y avait bien les livres, les hémicycles fréquentés pour la thèse, cependant mon rapport à l'écrit restait celui d'une collectionneuse. Les bibliothèques étaient davantage des décors en trompe-l'œil que des lieux où la pensée véritable s'exerçait. J'y étais simple spectatrice. Je glanais des informations sur les salles de lecture qui avaient brûlé, interrogeant la nature de l'incendie, étudiant l'impact du feu sur les magasins d'incunables puis leur taux de fréquentation après la catastrophe. (Étrangement, le feu attirait les foules les plus délicates.) Les salles de lecture dévastées par les flammes, qui en plus avaient été le repaire d'auteurs ayant détruit ou souhaité détruire leurs travaux, gardaient ma préférence. Je consultais catalogues et registres, prenais des notes, traquais les scories de carbone aux murs et aux parquets. J'étais voyeuse, mais écrivain en rien. Je recopiais des kilomètres de notes sans ponctuation. J'étais complètement folle. Je me contentais de faire mes courses dans un marché prestigieux qui toisait mon ignorance et ma fascination pour le désastre.

Le mystère de la destruction, intimement liée à la création, me restait étranger. Satan Trismégiste ne me livrait pas sa formule alchimique. Je traversais les rayonnages d'in-folios en aveugle et somnolais devant mon pupitre, sourde aux oracles. Ma petite vie de chercheuse prétentieuse fleurait bon le non-sens. Mes lectures m'apparaissaient aussi absconses qu'un monolithe couvert de runes, ou qu'un rouleau de la mer Morte rédigé en sanscrit pour un épagneul. Je n'avais pas la science du cœur pour décoder le mystère. J'étais absolument analphabète. Je flottais parmi les signes, mue par l'injonction du fantôme de ma mère et le désir inavoué d'être aimée par un inconnu vaguement savant. Être adorée par celui qu'elle haïssait restait un acte de haute trahison autant qu'une folie. Et quand j'y repense, il était assez logique que j'en sois arrivée là : je m'étais fourvoyée dans une recherche pour avoir la garantie de ne jamais tenir ma promesse et de sauter à pieds joints dans l'entonnoir sans fond des fantasmes œdipiens.

Mais il devait être possible de dompter ces pulsions ridicules. Il existait certainement une stratégie digne de mon mal-être autant que de ma personne. (Je ne pouvais pas me résumer à ce tas de matière inconsciente et hystérique dont tout Vienne à l'époque se revendiquait sous l'égide d'un certain Freud.) Ce sont mes échanges avec Franz qui, dès la fin de l'année 1912, m'ont fait prendre conscience du lien vital qui existait entre la construction et l'anéantissement. À l'époque, Franz songeait déjà sérieusement à faire disparaître l'ensemble de ses écrits. Je le laissais dire. Fascinée. Effarée. *Aedificabo et destruam*. Je construis puis je détruis. Tout le mouvement de sa pensée se situait dans ces principes opposés. J'étais le seul témoin du scandale. J'en tirais un orgueil extrême. Et dans ce jeu pervers, je trouvais mon point d'assise. Je me situais là où je devais me tenir pour dialoguer avec mon père et en même temps j'étais absolument indispensable à Franz.

Mes amis écrivains, avec leur folie, me permettent cette rencontre qui s'effectue dans le fantasme de l'anéantissement. Et, en contrepartie, je les aide à ma manière. Je deviens le chœur de leur vie. Le chœur qui chante derrière eux. Le chœur qui commente dans le noir leurs scintillants dialogues. Un chœur de silence éloquent, toujours attentif, qui donne du relief à leurs mots. J'assure une forme de résonance à leur discours. Je suis une vibration. Les cordes d'une lyre que leurs doigts pincent. La lyre qui descend le fleuve où la tête sans corps chante.

Je porte le sanglant trophée de leurs jours. Je les fais passer d'une rive à l'autre.

Le chant du marcheur de nuit (1) – Prague, nuit du 22 au 23 septembre 1912

J'aurais besoin d'un peu d'huile pour la lampe, Luce. Je compte écrire toute la nuit.

La chambre de Franz était aménagée très simplement, à gauche de la salle à manger. En temps normal, la porte restait ouverte. Mais pas cette nuit-là. Pas cette nuit du 22 au 23 septembre 1912.

Sa voix était blanche. Étouffée par l'épaisseur de la cloison. J'étais en train d'amidonner les chemises dans la buanderie quand il m'a appelée. J'ai replacé le fer sur le poêle en fonte pour lui apporter l'huile qu'il me réclamait. En septembre, la nuit tombe vite. C'était le premier jour de l'automne. Franz n'était pas sorti de son antre depuis le matin. Il s'était enfermé après avoir avalé la tasse de café que je lui avais servie à la cuisine, bien bouillant comme il l'aime, et ensuite je ne l'avais plus revu.

À midi, il n'avait pas voulu prendre son déjeuner. Pour le dîner, j'ai réchauffé la soupe aux pois que je lui avais préparée. Dans la maison, il faisait froid. Sur le plateau, j'avais posé un verre d'eau, le bol de soupe, une tranche de pain beurré, des amandes. À cause du froid, je tremblais un peu et mes mains qui tenaient fort les poignées du plateau ne pouvaient empêcher le léger frémissement de la vaisselle qui produisait un joli bruit. Comme un chuchotement au seuil de la chambre. J'ai toqué à la porte, puis je suis entrée sans attendre qu'il m'invite à le faire car je savais qu'il ne parlerait pas. Il était assis au bureau. Il tournait le dos à la fenêtre restée grande ouverte. Dehors il pleuvait. Je me suis précipitée pour la fermer. Un courant d'air mouillé m'a collé la passementerie des vitres au visage. Le soir noir venait de me gifler.

J'étouffe, Luce, vous comprenez.

Ce n'est pas une raison pour attraper une pneumonie. Regardez dans quel état sont vos affaires. Comment voulez-vous travailler correctement avec du papier tout gondolé et cette humidité qui imbibe tout ?

Je ne m'en étais pas aperçu. Quand j'écris, j'ai chaud. Et peu m'importe l'aspect du papier.

Il avait des yeux fous. Il ne me voyait plus. Je l'ai laissé à son travail. Il devait écrire l'histoire commandée par l'instant. Je suis restée dans la remise attenante à sa chambre. J'avais du linge à trier pour les lessives du matin. Je l'entendais dire le texte naissant. Chaque phrase était suivie d'un commentaire. C'était comme s'il dialoguait avec lui-même. Il parlait haut et sa parole était tranchante comme une lame enfoncée dans l'édredon de la nuit.

Pluie de plumes.

C'était un dimanche matin, une magnifique journée de printemps… Georg Bendemann… venait tout juste de terminer une lettre à un ami de jeunesse… puis il jeta un regard par la fenêtre sur la rivière…

L'indifférence du jour et son insupportable beauté doivent contraster avec l'horreur qui se trame. Dès la première page, la mort est là. Georg mourra noyé. Avant la fin de la nuit, il aura disparu dans la rivière. J'écris pour atteindre cette fin. Il n'y a qu'elle qui m'importe. Cet ami de jeunesse doit représenter quelque chose de chagrin. Rien à voir avec mon cher Max, évidemment. Non, rien.

… visage dont le teint jaune semblait indiquer l'évolution d'une maladie… il semblait s'acheminer vers un célibat définitif… Que pouvait-on bien écrire à un homme... qui s'était manifestement fourvoyé… qu'il devait retourner au pays ?

Cet ami qui a l'air malade, pourrait être moi. Et en même temps, non. Je viens de rencontrer Felice. C'est à elle que je dédie mon récit de la nuit, à *F. B.*

… Georg vivait en ménage avec son vieux père…

Ah, voici le véritable héros du récit.

… n'informer son ami que d'incidents insignifiants, tels qu'ils s'amoncellent en désordre dans le souvenir…

Voilà à présent comment Georg écrit. Voilà comment je travaille. Je me laisse porter par ce qui semble n'avoir aucun intérêt, aucune consistance. Puis la violence du réel monte en puissance. Et ce qui semblait si ténu devient le tranchant d'une hache qui fend la glace.

… Sa lourde robe de chambre s'ouvrit... les pans battaient autour de lui comme deux ailes…

Le père n'est rien d'autre qu'une figure d'archange exterminateur.

… Bien sûr, je connais ton ami. C'est lui qui aurait été un fils selon mon cœur…

Le père ne peut édicter Loi plus cruelle. Il renie son fils et en choisit un autre plus adéquat, plus opportun.

… Heureusement, un père n'a besoin de personne pour apprendre à voir clair dans son fils…

Omniscience. Père = Dieu.

… Georg leva les yeux sur l'épouvantail qu'était devenu son père…

Peur. Père = Monstre.

… C'est parce qu'elle a retroussé ses jupes… parce qu'elle a retroussé ses jupes comme ça, cette horrible dinde. Et pour imiter le mouvement, il se souleva sa chemise si haut qu'on aperçut sur sa cuisse la cicatrice…

Cette cicatrice c'est un sexe de femme. C'est cela que le père montre au fils. Un sexe de femme pour l'effrayer et lui signifier en même temps que c'est lui et lui seul qui est en mesure de lui dévoiler ce nouveau mystère. Mon père hait Felice, je le sais.

… il agitait son index de droite et de gauche…

Le sexe du père à présent.

… Le plus fort, c'est toujours moi, et de loin…

Père = Ogre.

… C'est moi qui lui écrivais…

Le père écrit les lettres à l'ami de Georg. Il prend la place du fils. Père = Auteur. Le père est le seul Auteur.

… de la main gauche, il froisse tes lettres sans les ouvrir, en tenant de la main droite pour les lire les lettres que je lui écris…

Le père vole tout au fils. Son ami. Sa puissance. Ses mots. Ce qui constitue tout le sens d'une vie. À ce moment du récit, le fils est déjà mort.

… Tu étais au fond un enfant innocent, mais, encore plus au fond, un être diabolique. Et par conséquent, écoute-moi bien : je te condamne en cet instant à périr noyé.

Le verdict est prononcé.

… Il franchit le seuil… attiré par l'eau… il tenait le parapet… puis se laissa tomber[21].

Franz parlait une langue austère, neutre, sans pittoresque, nue. De l'autre côté de la cloison, mon ami construisait Babel et développait une pathologie : l'obsession de l'inachèvement. Pourtant, cette nuit-là, cette nuit magique, fut celle de l'œuvre achevée. Pour la première fois, la malédiction du langage n'opérait plus.

Un jour, Franz a écrit à Max Brod qu'il existait selon lui "quatre impossibilités[22]" : 1) impossibilité de ne pas écrire, 2) impossibilité d'écrire en allemand, 3) impossibilité d'écrire autrement, 4) impossibilité d'écrire.

La vertu première du langage selon Franz était de vouloir se faire oublier. D'ailleurs le jeune Kafka ne faisait pas de bruit. Il chuchotait quand il parlait et son écriture n'était rien d'autre que du *silence*. La nuit du 22 septembre, quand je l'ai entendu commenter le texte en train de s'écrire, sa voix me donnait l'impression de tomber au fond d'un puits. Je n'ai jamais constaté une telle chose hormis chez lui. Il cherchait le bonheur sans savoir s'il existait, mais savait qu'il augmentait ses chances de l'approcher à la condition de viser le vrai et la réalité sans détour[23]. Il avait à cœur d'exprimer cette réalité appréhendée frontalement sans lustre ni tapage. Taiseuse, elle n'était pas mutique cependant et semblait, telle sa vie, aussi ténue que la trace d'une lame de patin oubliée sur l'étang Hamersky en hiver.

Le chant du marcheur de nuit (2) – Prague, 23 septembre 1912

Journal : *J'ai écrit ce récit –* Le Verdict *– d'une seule traite, de dix heures du soir à six heures du matin, dans la nuit du 22 au 23. Je suis resté si longtemps assis que c'est à peine si je puis retirer de dessous le bureau mes jambes ankylosées. Ma terrible fatigue et ma joie, comment l'histoire se déroulait sous mes yeux, j'avançais en fendant les eaux. À plusieurs reprises durant cette nuit, j'ai porté le poids de mon corps sur mon dos. Tout peut être dit, toutes les idées, si insolites soient-elles, sont attendues par un grand feu dans lequel elles s'anéantissent et renaissent. Comment tout devint bleu devant ma fenêtre. Une voiture passa. Deux hommes marchèrent sur le pont. À deux heures, je regardais ma montre pour la dernière fois. Quand la bonne a traversé le vestibule, j'écrivais la dernière phrase. La lampe éteinte, clarté du jour. Légères douleurs au cœur. La fatigue disparaissant au milieu de la nuit. Mon entrée tremblante dans la chambre de mes sœurs. Comment, auparavant, je m'étire devant la bonne et dis : "J'ai travaillé jusqu'à maintenant." La vue de mon lit intact, comme si on venait de l'apporter à l'instant dans la chambre. Ma certitude est confirmée, quand je travaille à mon roman, je me trouve dans les bas-fonds honteux de la littérature. Ce n'est qu'ainsi qu'on* *peut écrire, avec cette continuité, avec une ouverture aussi totale de l'âme et du corps. Le matin au lit. Mon regard toujours clair. Tout au long de mon travail, j'ai été accompagné par de nombreux sentiments, joie, par exemple, d'avoir quelque chose de beau pour l'*Arkadia *de Max, souvenir de Freud naturellement, souvenir d'un passage de* Arnold Beer, *de Wassermann, de la* Riesin *de Werfel, ainsi, bien entendu, que de mon propre* Monde citadin[24].

Nous traversions la Vysehrad. Le bac était conduit par un homme robuste, taillé dans la roche. Franz le connaissait bien. Il s'agissait de Souceck, un Tchèque qui impressionnait par son hiératisme et sa taille gigantesque. Au beau milieu du fleuve, Franz m'a résumé le propos du *Verdict* – Après avoir longtemps hésité, Georg Bendemann, un petit-bourgeois, écrit à un ami pauvre, émigré en Russie, pour lui annoncer ses fiançailles avec Frieda, une riche jeune fille. Ensuite, il rend visite à son père qui dit souffrir d'amnésie. Pourtant, le soi-disant malade retrouve toute sa vigueur (et sa mémoire) et, tel un juge implacable, établit une liste d'accusations à l'encontre de son fils qui, anéanti par la cruauté des propos, reste muet. Puis le père condamne le fils à mourir noyé. Georg obéit sans plus attendre : il se jette dans la rivière après avoir dit à ses parents qu'il les aimait.

Franz m'a ensuite redit que ce texte était une sorte d'autobiographie. À cette déclaration, évidemment, mon sang n'a fait qu'un tour. Je voyais en l'eau noire qui glissait sous nous une sorte d'ersatz du Styx et en ce bon Souceck un Charron. Il m'a expliqué que *Georg* avait le même nombre de lettres que *Franz* et *Bende* le même que *Kafka*. (Il biffait alors le ~~*mann*~~ du patronyme et avec les quatre lettres du suffixe toute *l'humanité* qui l'accompagnait.) Il ajoutait que la fiancée dans le roman, *Frieda*, avait le même nombre de lettres que *Felice*, sa Felice, et que les deux femmes portaient un nom qui commençait chacun par un *F*[25]. Il en a conclu qu'il n'était rien d'autre que de la *littérature* et qu'il ne souhaitait en définitive pas être autre chose.

Le cri de détresse – Paris, 7 avril 1951, 10 heures du matin

Os après os, Sadegh égrène les minutes d'une journée qui lui semble trop longue. Au Rostand, les serveurs dressent les tables pour le déjeuner. Leur manière de jeter les nappes blanches sur les guéridons comme les pêcheurs lancent leur épervier du haut d'un rocher nous indique qu'il est temps de déguerpir. Je décide d'une promenade aux jardins du Luxembourg, supposant que le printemps dégrisera mon ami et m'aidera à digérer le litre de café au lait que je viens d'avaler.

Il fait doux. Les parterres de jonquilles incendient les pelouses. Le vert mousseux des feuilles aux branches des marronniers est déjà bien visible. Des nurses poussent des landaus. Des enfants braillent. Les heures s'étirent dans les allées. Le grand bassin est vide. Le vent y roule des paquets de feuilles mortes laissées par l'hiver. Dans les creux du ciment stagnent des flaques d'eau verte. Au centre, agglutinée à la fontaine, l'épave d'un petit voilier. Un gardien, chaussé de bottes et muni d'une épuisette, arpente le bassin à sec pour y repêcher les déchets. On dirait un plagiste à marée basse. Mais le souvenir de la mer est loin. À présent le ciel charrie de gros nuages noirs. Le printemps hésite. Le temps change à une vitesse incroyable en cette saison.

Comme l'humeur de Sadegh.

Une abeille s'épuise au-dessus de nos têtes. Un nuage de martinets passe très haut. Pourtant ni le ciel rayé de cris, ni la toute petite ouvrière jaune ne parviennent à l'arracher à sa torpeur. Je m'enquiers de deux chaises en fer – ces lourds sièges de jardin essaimés autour du bassin et le long des terrasses arborées –, je les traîne sur les gravillons et les installe au pied de la statue de la reine Clotilde. Nous nous asseyons sous les bons auspices de la souveraine que défigure un double menton. La mine de Sadegh n'est pas plus réjouie que celle de la statue flanquée d'armoiries barbares quand il dit, en fixant le vide – *Tout ce qui peut se trouver dans ce que je laisse après moi... tout ce que je laisse en fait de carnets... de manuscrits, de lettres... doit être brûlé.*

Il me précise alors sans me regarder que ce sont les mots que Franz Kafka a écrits à Max Brod. Il ajoute qu'il a traduit cette page un jour. Quand il parle, je suis saisie par le timbre de sa voix : il me semble entendre mon ami de Prague. L'épisode des manuscrits brûlés dans la chambre de la rue Championnet m'apparaît soudain comme le prélude à une nouvelle crise. Plus grave que la première. Il ne faut pas que je le laisse seul. Je resterai avec lui toute la journée et une partie de la nuit.

Il me dit que Brod a trahi Kafka, en ne brûlant pas ses textes. Je proteste et lui rétorque que grâce à ce geste de rébellion, nous avons le bonheur de lire aujourd'hui une œuvre indépassable et que dans ce cas précis la sédition a du bon. Il me rétorque que le feu aurait pu avoir raison de sa peine la semaine passée, mais que son geste n'a pas suffi. Il en faudrait un nouveau, plus radical, conclut-il, car l'angoisse est tenace et ne cessera pas à la faveur d'un simple embrasement.

Serez-vous avec moi, Luce ? Serez-vous présente jusqu'au bout ? M'assisterez-vous ?

Je refuserai de brûler ce qui vous reste de manuscrits, vous le savez. La perte serait trop grande.

Je ne parle pas de mes manuscrits. Je pense à une tout autre sorte de destruction.

Laquelle ?

La mienne. Ma propre mort.

Je refuse d'avoir cette discussion avec vous.

Vous êtes venue pour cela, Luce.

C'est faux. Ma rencontre avec vous, il y a une semaine, n'a rien à voir avec vos velléités suicidaires. Vous cherchiez un livre, je vous ai conseillé le Pessoa, ensuite nous avons marché sous la pluie, puis nous sommes montés chez vous pour boire.

Je suis le dernier qu'il fallait que vous rencontriez. Je vais le rejoindre. Je vais rejoindre Franz. Et vous allez m'accompagner. *Non, personne ne prend la décision de se suicider, le suicide est en certains hommes, il est dans leur nature, ils ne peuvent pas y échapper*[26].

Je ne supporte plus de l'entendre délirer. Je ne sais pas si j'ai envie de fondre en larmes ou bien de le gifler. En fin de compte, je vais retourner à mon appartement et le laisser prendre le métro tout seul. Je ne devrais pas. Mais c'est devenu trop pénible. J'irai le retrouver ce soir, rue Championnet. Je lui proposerai de sortir dîner avec moi. Je l'inviterai place Clichy et nous irons manger des huîtres chez Wepler.

Je sais qu'il n'y a pas d'actes, mais seulement des scènes. Qu'il n'y a pas de tragédies, mais seulement des drames. Nous venons de traverser l'un d'eux. Je veux croire que nous le dépasserons et en sortirons grandis.

J'ai tracé le tiret sans point d'interrogation. Je suis certaine de la suite. Je suis venue à lui pour l'accompagner. Et je me fiche des prédictions de ma mère.

Sadegh a une œuvre à achever. Et moi un voyage.

Je le vois se détacher sur un fond gris, celui des jours qui se ressemblent. Je le trouve beau dans cette monotonie. L'art véritable ressemble à cela : un rien qui est un tout. Les contours de l'invisible que la conscience de l'auteur révèle. Le bruit mat du coing qui tombe de l'arbre sur la terre.

Notes prises à la bibliothèque
Sainte-Geneviève de Paris

la bibliothèque impériale du palais des Yang est successivement brûlée par les Ouïgours les Tibétains les Mongols puis ce sont les Anglais et les Français qui incendient en 1860 celle du palais d'Été (170 000 livres) ils détruisent en 1900 le monumental *Yongle da dian* les Japonais brûlent dans le Nord-Est du pays 2 500 bibliothèques dès le IIIe siècle av. J.-C. l'empereur Quin fait détruire presque la totalité des livres de Chine pour mettre le pays en coupe réglée car "l'État ne peut être gouverné que si le peuple est maintenu ignorant", puis c'est au tour du fondateur de la dynastie Han de brûler tous les livres de la capitale

Le réveil – Paris, 7 avril 1951, fin de matinée

J'ai passé la nuit chez Sadegh.

Je l'ai retrouvé vers 10 heures du soir. Nous ne sommes pas sortis dîner de fruits de mer comme je le souhaitais, mais nous sommes restés dans la chambre à parler du feu des zoroastriens et à boire. Vers 3 heures du matin, il m'a offert son lit et a consenti à l'inconfort du fauteuil défoncé. Nous nous sommes levés tard à cause des grandes quantités de vin bues la veille sans les avoir accompagnées d'aliments solides. C'est jour de marché. Dehors fusent les cris des maraîchers, des poissonniers et des mouettes qui d'ordinaire ne s'aventurent pas au nord de la ville. Ce sont elles qui nous réveillent. J'ai l'impression d'être au bord de la mer, ou plutôt sur le pont d'un bateau. J'ai le vertige. Le bruit du dehors décuple mon sentiment d'isolement intérieur, et avec lui la sensation d'être enfermée dans les limites de mon corps douloureux.

La claustration, à la différence de l'effet qu'elle produit sur moi, semble avoir de tout autres conséquences sur Sadegh, qui a commencé à écrire. Retiré dans sa chambre, à l'abri du monde, il ressent chaque vibration extérieure. Assis dans son fauteuil comme sur un trône, hirsute avec ses habits de la veille, les yeux grand ouverts, mon roi sans couronne capte les éléments du réel avec une extraordinaire acuité. Il dit pourtant se méfier des chausse-trapes dans lesquelles son imagination risque de le faire tomber. Il dit qu'il ne faut jamais supposer que les hommes soient comme lui ou que la réalité soit une complice fiable. Il dit que le poète est définitivement seul.

Puis il ne dit plus rien.

Il attrape un cahier et écrit. Écrit. Écrit. Son mutisme m'agace. Je trouve incongrue par moments cette engeance d'auteurs qui se croient certainement très supérieurs à nous autres, pauvres créatures ordinaires, pataugeant dans la tourbe du réel et le vulgaire parti pris des choses. Or, sans leurs gentils messagers dévoués, ces génies tombés de l'éther éprouveraient de notables difficultés à exercer leur art, celui-ci nécessitant toujours de l'encre, du papier, un dîner réchauffé, une course improvisée, un mensonge signifiant qu'ils ne pouvaient se rendre au travail à cause d'une fièvre, alors qu'en vérité la page en cours les minait tant qu'il fallait en venir à bout avant minuit afin d'éviter de sauter par la fenêtre du sixième étage.

Je me lève pour lui faire un café, en grommelant. Il ne m'accorde plus aucune attention. À présent il est debout. Il a arraché une feuille au bloc laissé sur son secrétaire puis l'a posée sur le bord de la fenêtre et, sans s'asseoir, plongeant les yeux dans le ciel, il s'est mis à écrire. Il semble obéir à une force irrépressible. Tout se passe comme s'il écrivait sous la dictée d'une voix muette que je n'entends pas et que lui seul perçoit. Par moments, il s'arrête, observe les formes changeantes des nuages, paraît attendre quelque chose ou quelqu'un, puis la chose tant désirée revient, et il replonge dans l'écriture. En même temps que je touille le café, j'écoute le frottement tenace de l'acier sur le papier. Il écrit à une vitesse extraordinaire. À quel chef d'orchestre obéit-il ? Quelle ombre merveilleuse lui commande ce jaillissement ?

Dans ces moments où j'entre dans le secret, je suis une voyeuse. Ce secret ne demande qu'à être défloré, révélé, offert. Avec Franz, j'en ai eu la primeur en le subtilisant. Je suis en train de voler son secret à Sadegh. Je me sens un peu honteuse. Alors je détourne les yeux. Je vais ranger la chambre pendant que lui continue à écrire.

Je lave la vaisselle sale qui s'empile dans la vasque, puis j'ordonne son secrétaire. Dans la chambre de Franz, j'aimais caresser les objets posés sur le petit bureau encombré de papeterie : porte-plumes en pagaille, encrier, feuillets ivoire, trèfle à quatre feuilles endormi dans un sulfure. Un matin mon regard a été attiré par le taille-crayon que Franz avait posé dans une coupe à glace où se décomposaient des boutons de roses séchés. J'ai saisi le taille-crayon et, sans savoir pourquoi, j'ai posé la pointe de ma langue sur la partie de l'objet où l'acier était taillé. L'acidité râpeuse de la tranche m'a fait mal. J'ai aimé ce mal comme les conversations avec lui. Celles-ci produisaient toujours une onde électrique qui me traversait le corps à la manière d'un petit coup de foudre. Cela partait du crâne, descendait en direction du cœur – qui alors s'arrêtait presque –, irradiait jusqu'aux extrémités des doigts et continuait à s'écouler vers le bas du ventre, formant à cet endroit précis une boule de feu ardente, puis tombait le long des muscles des jambes pour enfin atterrir dans les talons. Le processus que je viens de décrire couvrait un laps de temps extrêmement court et la fulgurance amplifiait encore la douleur aimable de l'irradiation. Car j'adorais ces moments. Je les recherchais. Que ce soit le midi quand je passais à la Compagnie pour lui porter son repas, espérant que les écritures qui couvraient le papier journal enveloppant son beignet lui inspireraient quelque narration fabuleuse. Le soir, le long de la Vlatva, à l'heure où les pêcheurs de carpes amarraient leur rafiot en chantant. Tôt le matin, lorsque je le conseillais pour la couleur d'un veston avant son départ vers la Compagnie. Tous ces petits riens m'enchantaient. Lui, toujours reconnaissant, me faisait l'amitié d'un mot choisi arraché au poème, un mot précis, prévu rien que pour moi. Il le murmurait, ce mot merveilleux, afin que personne ne l'entende, afin qu'il restât ce serment prononcé entre lui et moi à la pointe du jour.

Et ces mots de rien, ces toutes petites phrases me faisaient l'effet d'un baume appliqué sur les plaies que l'absence de révélation avait imposées au derme de ma jeune vie. Ces mots venaient s'ajouter au silence des origines. Ils avaient le don, le pouvoir inouï de remplacer le vide par le plein, de suppléer un sens au manque d'explications, de combler l'absence. Voilà tout ce que le coup de foudre minuscule provoquait en moi. Dans ces moments, je n'étais rien d'autre qu'un chêne en haut d'une colline recevant le feu du ciel, calcinée jusqu'aux racines, mais heureuse d'avoir été changée en morceau de charbon, celui-ci entretenant quelque rapport avec les fossiles, les couches palimpsestes des grands livres ouverts, et la mémoire dont j'avais toujours été privée.

À Prague, je lisais le *Journal* de Franz en cachette. Je voyais sans être vue. J'évoluais dans l'ombre. Dans le contre-feu de sa lumière. Je récoltais les cendres brûlantes de ses jeux et m'incendiais de l'intérieur. Pyromane de mon propre cœur, j'en allumais la mèche. Je me consumais lentement au gré de son chant. Cierge d'église, cire bénie, je faisais entrer la lumière dans l'obscur de sa vie comme je la fais entrer aujourd'hui dans celle de Sadegh. Le feu vient de moi. C'est moi qui dispense les mots, les égrène dans le sillon de leurs pages, et les fais pousser. Je suis la fille de l'ombre à jamais. L'auréole noire des hommes en fuite. La conscience indue de celui qui ne me connaît pas.

Et puis il y a eu ce manuscrit volé, dont je suis la seule à connaître l'existence. Tiens, Sadegh n'a toujours pas touché au café que je lui ai servi. Il écrit encore. Je suis jalouse de l'attention qu'il porte aux mots. Alors je lui parle du manuscrit fantôme de Franz, en espérant qu'il me fera la grâce de m'écouter. Intrigué, il se détourne du cadre de la fenêtre et me met au défi de lui citer de mémoire un passage du texte volé.

J'obéis. Et cette fois ce n'est plus le ciel qu'il regarde mais mes lèvres.

....

Quand je me tais, il s'approche et prend mes mains dans les siennes. – Franz a écrit il y a quarante ans exactement ce que j'éprouve à cette heure, murmure-t-il. Pas de détour. Une forme d'expression brute, primaire, archaïque. Il faut s'en remettre à trois petits mots le plus souvent, ce qui est infiniment préférable à quarante phrases pour ne rien dire.

Et le voilà qui revient à la page en cours. Il écrit à une cadence irrégulière. Par moments le feuillet se couvre de phrases, tout l'espace est rempli. À d'autres moments, sans lever la tête du papier noirci, il interrompt sa course, reprend son souffle, attend. Silence et blanc s'imposent. Je serais portée à penser que le délai est douloureux, or il n'en paraît rien. Il sourit presque. Il est en train de trouver. Le voilà reparti. Les phrases s'allongent et l'acier chante. Un temps de pause à nouveau. Un rythme de télégraphiste. Syncope. Souffle court. Coupé. Je ne bouge pas. J'attends qu'il m'autorise à faire un geste. J'endosse le rôle de vestale. Je suis la très zélée fonctionnaire de ces secondes en feu. Mon cœur bat au ralenti. Sa cadence est celle du thuriféraire que le prêtre agite. Messe noire. Sabbat minuscule dans la chambre.

Je suis la fille d'un fantôme et la propriétaire d'un texte fantôme. La connaissance que j'en ai suffit à l'animer. Je lui confère un souffle et fais entrer la vie dans son enveloppe vide par ma lecture. Mes mains qui en tournent les pages silencieuses les rendent étonnamment loquaces. Mes yeux exhument le sens enseveli et ma faim ravive le carnage insigne. D'ailleurs les livres sont tous des fantômes qui errent et ne trouvent la paix, une assignation à leur vain périple que s'ils croisent le temps oisif d'un lecteur bienveillant. Ce sont les lecteurs qui arrachent les œuvres à la damnation, aux flammes de l'oubli, à la poussière des heures qui transforment encre et papier en sable. Le sable s'écoule dans le verre qui est lui-même du sable transformé. C'est le corps bipartite du sablier qui donne sa forme au temps. Sans cette ruse, les secondes seraient liquides, infinies, dévastatrices comme un torrent de boue. La conscience du lecteur est une digue entre un sens qui se perd et l'histoire qui danse devant ses yeux pour être recomposée par sa lecture. Privé de son lecteur, l'auteur n'est rien. Il n'est que le signataire d'un néant, d'une lettre muette, sourde et aveugle. C'est tout le sang du lecteur qui irrigue la carcasse sèche des livres.

Le plus hideux des hommes – Prague, août 1913

Franz s'était fiancé avec Felice quelques semaines après leur rencontre à Berlin. Comme je l'ai dit, ils ne faisaient que s'écrire et en raison du caractère absolument désincarné de leur relation, j'avais du mal à croire à ses chances d'accomplissement. D'ailleurs, mon ami m'expliquait qu'il était parfaitement inapte au mariage. Je l'écoutais se plaindre, tout en épluchant les navets prévus pour le dîner du soir. Quand j'ai commencé à désosser le morceau d'agneau, Franz, qui s'épanchait au sujet de cette jeune fille jolie mais frivole, bienveillante mais si parfaitement dénuée de culture, a eu un haut-le-cœur. Il était vide et blanc comme du papier.

Était-ce Felice ou bien l'agneau ? Quoi qu'il en soit, ce signe de faiblesse a provoqué chez Hermann une crise de démence. Il a versé une pleine chope de bière à son fils pour le forcer à la boire. – Sois un homme, pour une fois. Bois. L'amertume fera passer ta nausée.

Les méthodes d'Hermann me révoltaient mais j'ai continué à préparer l'épaule d'agneau comme pour un holocauste. Franz a fixé son père, en avalant le breuvage sans grimacer. – Eh bien, tu vois que tu peux quand tu veux. Et il a frappé son fils dans le dos, le convoquant par ce geste au dîner où il serait sommé de faire honneur à l'agneau. Le père savait que son rejeton était végétarien, mais opposer sa Loi aux choix du benêt avait pour but, plus encore que de lui ouvrir l'appétit, de renforcer son sentiment de toute-puissance. C'était simple, facile et gratuit comme tout ce que l'Ogre intentait contre l'être falot qui avait le malheur de vivre sous son toit et de porter son nom.

Il y avait donc trois mondes au palais Kinsky sur l'Altstädter Ring : 1) celui du tyran qui exerçait son affreux pouvoir, 2) celui de l'esclavage où pataugeait Franz, muet et soumis à des Lois qui n'avaient été inventées que pour lui, 3) celui où des êtres comme moi évoluaient, parfois éclaboussés par les frasques du tyran, mais jouissant d'une sorte de répit qui devait sembler insupportable à Franz. – Je te déchirerai comme un poisson si tu n'es pas au dîner avec nous ce soir, a lancé Hermann en quittant la cuisine. Franz est resté muet.

Au dîner, l'agneau fut servi puis mangé.

La famille a quitté la table vers 21 heures et Hermann Kafka a rejoint le salon pour prendre une liqueur comme il le faisait toujours après un repas copieux. Pour une fois, sa femme ne l'a pas accompagné. Elle est montée directement dans sa chambre. Elle m'avait lancé un regard noir à la fin du dîner, car elle digérait mal l'agneau. Me tenant pour responsable de ses faiblesses intestinales, elle m'a sommée, avec sa voix de mourante pourtant bien résolue à vivre encore un peu, d'acheter une volaille au boucher la prochaine fois.

Hermann portait une chevalière en or à l'auriculaire gauche, celui avec lequel il avait coutume de se curer l'intérieur de l'oreille d'où s'échappaient de longs poils bruns. Il avait la main droite enfouie dans la bonbonnière posée sur la table de jeu du salon. Il s'était assoupi dans le fauteuil où il aimait s'enfoncer pour ses parties d'échecs. Un filet de bave rose coulait à la commissure de ses lèvres tandis qu'il sommeillait. Il avait commencé à ronfler. L'Ogre avait englouti la moitié du contenu de la bonbonnière. Des pastilles à la fraise des bois. Ses préférées.

Le voyant ainsi affalé, Franz et moi avons perçu la même chose : Hermann Kafka était vulnérable. Ayant sombré dans un sommeil de plomb, il ne contrôlait plus son corps immense, il montrait une face répugnante à la portée des mouches. Franz est resté un moment à l'observer dans cette posture grotesque, avec son ventre proéminent, ses jarrets courts, boudinés dans son froc noir. Alors il s'est saisi d'un coussin. Dans un premier temps, j'ai pensé qu'il avait dans l'idée de caler la tête de son père qui commençait à pencher franchement du côté gauche. Mais il n'en a rien fait. Alors je me suis dit qu'il allait l'étouffer. Nous nous sommes regardés. J'étais terrifiée. Franz avait des yeux fous. Il a pressé le coussin contre son cœur puis l'a jeté sur le sofa. Je reste persuadée qu'il a songé un instant à tuer son père, avant de le laisser se tasser dans son fauteuil jusqu'au hurlement commandé par le triomphe du torticolis.

Journal : *Je suis un être renfermé, taciturne, insociable, insatisfait, sans toutefois pouvoir qualifier ce caractère de malheureux pour moi, car il n'est que le reflet de mon but. On peut du moins tirer des conclusions de ma manière de vivre chez moi. Eh bien, je vis dans ma famille, parmi les êtres les meilleurs et les plus aimants, plus étranger qu'un étranger. À ma mère, je n'ai dit qu'une moyenne de vingt paroles par jour ces dernières années, avec mon père, il ne m'est guère arrivé d'échanger plus que des bonjours. Quant à mes sœurs mariées et à mes beaux-frères, je ne leur parle pas du tout, sans être pour autant brouillé avec eux. La raison en est simple, c'est que je n'ai pas la moindre chose à leur dire. Tout ce qui n'est pas littérature m'ennuie et je le hais, car cela me dérange ou m'entrave, même si ce n'est qu'une présomption. En même temps, tout sens de la famille me fait défaut, je n'ai, au mieux, que celui de l'observateur. Je n'ai aucun sentiment de la parenté et je ne vois dans les visites qu'une méchanceté littéralement dirigée contre moi*[27].

Une fois encore j'avais lu son *Journal*, laissé en évidence sur le sous-main du bureau. Quelle chance était la mienne de pouvoir échapper à la sévérité de Franz. D'être spontanément et si naturellement admise dans son cercle de pensées, comme si – toute femme que j'étais – je ne contrariais en rien ses plans mais qu'au contraire je lui permettais de les échafauder puis de les formuler et de les exposer avec plus de clarté encore. J'agissais tel un liquide révélateur en photographie. Nous discutions dans la chambre noire de son cerveau et j'en extrayais la lumière. J'avais même la prétention de croire qu'il me préférait à Felice, parce que je le comprenais beaucoup mieux qu'elle. Aussi me suis-je surprise plus d'une fois à me prendre pour sa petite fiancée. Je l'aimais alors, comme j'aime Sadegh aujourd'hui. Je les aime parce que nous sommes les mêmes.

Parmi les filles du désert (1) – Paris, 7 avril 1951, 18 heures

J'ai rencontré Thérèse en avril 1926, me dit Sadegh, l'année de mon intégration à l'École des travaux publics. J'habitais dans une pension de famille à Cachan, rue Carnot. Thérèse y était aussi pensionnaire. Nous sommes tombés amoureux. Nous nous retrouvions la nuit en cachette sous les piliers du viaduc près de la gare.

Elle était beaucoup moins timorée que moi. Ma pudeur excessive était due à mon éducation iranienne. En lui donnant ces rendez-vous la nuit, j'avais l'impression de faire le mal. Alors on se cachait. Ou plutôt je l'obligeais à se cacher. Car en fait Thérèse était un être libre. Je savais qu'elle parlait de notre relation avec ses amies dans la salle à manger à voix haute. Elle leur donnait d'ailleurs beaucoup de détails concernant ma façon de la caresser et de l'embrasser l'heure des repas venue. J'ai cru que j'allais devoir changer d'adresse tant il m'arrivait d'avoir honte. J'oubliais alors que je vivais dans un pays libre avec ces choses-là.

Nous nous sommes aimés quelque temps. Je l'ai prise plusieurs fois dans sa chambre quand la pension était déserte. Elle voulait qu'au moment de la jouissance je dise des mots obscènes. Je le faisais pour lui faire plaisir, mais je détestais cela. Une autre fois, elle a tenu à ce que je le fasse quand des pensionnaires étaient rentrés. Ça l'excitait. Thérèse était une aventurière. Elle me trouvait casanier.

Un jour, elle s'est lassée. Elle m'a dit que c'était fini entre nous. Je savais qu'elle sortait avec un autre type, un étudiant en troisième année de médecine qui logeait lui aussi à la pension. Je l'ai compris car le lascar évitait toujours mes yeux lors des repas et jamais ne m'adressait la parole quand on se croisait dans les parties communes ou aux douches des garçons. Quant à Thérèse, chaque fois qu'il paraissait dans sa vareuse bleu marine, elle s'empourprait comme une grue tandis que ses amies, formidablement informées de ses frasques, gloussaient à la manière des poules d'eau.

J'ai supporté ces humiliations un temps. L'hiver était long. Glacial. En avril 1928, il y a vingt-trois ans, j'ai décidé de mettre un terme à mes souffrances. Un matin, il m'a semblé entendre la voix d'un juge suprême qui m'ordonnait de me tuer. Alors j'ai loué une barque pour une promenade sur la Marne et j'ai sauté dans l'eau. Je ne sais pas nager. J'ai avalé une quantité effrayante de vase. Étrangement, c'est la vie qui a voulu triompher. Je sombrais, mais chaque fois que je touchais du pied le fond de la rivière, je donnais un puissant coup de talon et refaisais surface. J'ai même fini par crier et appeler au secours. Un canotier qui ramait là est venu à moi et m'a sorti de l'eau. J'ai écrit à mon frère[28] que ce jour-là j'avais perdu la tête et que cet acte déraisonnable m'avait aidé à oublier Thérèse.

J'écoute Sadegh. Sa voix est calme. Et je me demande : ai-je déjà eu envie de mourir à cause de mon père ? Oui, j'ai eu envie de mourir à cause du fantôme. C'était à Prague, à la fin de l'hiver 1913. Franz se montrait plus taciturne que jamais, si bien que je lui trouvais une ressemblance secrète avec l'homme de la photographie pliée en quatre dans mon sac à main. (La pliure formait une croix blanche au milieu de l'image et avait effacé certains détails du chapeau, du menton, du torse et du soulier droit. Mon Dieu en pointillé. Mon *Nobodaddy*[29] personnel.) J'avais déjà repéré des similitudes entre les traits des deux hommes, mais au cours de cette période les visages se superposaient et il devenait impossible de voir Franz sans être saisie de vertige.

Ne pouvant haïr mon père, je me suis mise à haïr le jeune auteur, auteur non de mes jours mais de textes que j'estimais trop détachés de qui j'étais. Ma colère venait de sa négligence, de son indifférence sacrée. Du jour au lendemain, ma présence chez les Kafka m'est apparue comme parfaitement incongrue. De plus, mes recherches à la bibliothèque de Prague n'avaient guère avancé, et en cette fin d'année 1913 mon séjour en Bohème ne ressemblait plus à rien.

Il se peut que moi aussi j'aie entendu l'injonction lancée par le Juge. Perdue, désœuvrée, écœurée de tout, je suis sortie de la maison et j'ai marché jusqu'aux bords de la Vlatva. Sur la berge, j'ai observé les courants du fleuve un long moment. L'eau sale charriait des petits cubes de glace. J'entendais très distinctement le Juge (le même que celui de Sadegh) dire qu'il suffisait de se pencher pour que tout soit fini. Dans l'eau, les ondines me narguaient. Elles étaient toutes celles que mon père avait aimées. De port en port. D'escale en escale. Et leurs cheveux verts n'étaient rien d'autre que les filaments de ma honte. Les guirlandes glauques d'une peine rentrée, impossible à exprimer ni à confier.

Les hommes – tous les hommes – m'apparaissaient soudain comme les assassins de ma jeunesse et de ma virginité. J'enviais leur liberté. Cette possibilité qui n'appartenait qu'à eux de créer et d'engendrer en jouissant sans mettre leur corps en péril. C'était une illusion – je sais bien que le travail a abîmé le corps de mes amis poètes – mais une illusion vivace, et il fallait que je l'entretienne pour que ma colère trouve une assise. Les hommes avaient donc un corps qui leur permettait d'être libres, de prendre femme, d'être père, de renoncer à toute filiation le cas échéant, tout en conservant l'orgueil intime d'avoir une descendance.

Il en allait de même pour l'œuvre à faire. À eux, la chose était permise. Mais pour une femme, l'histoire était tout autre. Me concernant, le simple fait d'être inscrite en thèse faisait jaser. Le simple fait qu'une petite bonne femme sans le sou, enfant d'une fille-mère compagne improbable d'un ébéniste immigré alcoolique, ait la prétention des mots et du pouvoir qu'ils pouvaient conférer à ceux qui en avaient la pleine maîtrise apparaissait aux yeux de mes contemporains comme un scandale. Et je n'en pouvais plus de ce scandale.

Alors j'ai appelé de tous mes vœux les dieux du fleuve pour qu'ils m'aident à me venger du fantôme en m'accueillant parmi eux. J'avais éperdument besoin d'être célébrée. Aussi espérais-je secrètement que la nouvelle de ma mort parviendrait à mon père par le journal, que l'encart ferait le lien entre Philippa Notte et la jeune fille repêchée sous le pont Charles, que ce salaud aurait beaucoup de remords, qu'il se rendrait à Berlin sur ma tombe et qu'il passerait le reste de son existence à la fleurir.

Mon corps s'est penché puis a plié tel un jonc au-dessus des courants. Mais il ne pliait pas assez. Mes pieds avaient pris racine sur la berge. Le désir de vivre s'enfouissait profondément dans la tourbe du quai. Quelque chose en moi résistait. En dépit de toute ma colère et de mon immense fatigue, il persistait au creux de ce corps honni un principe qui m'ordonnait de demeurer sur le quai à converser de façon aussi grotesque que pathétique avec les dieux du fleuve, leurs escadrons d'ondines et autres formes que mon esprit malade s'était plu à inventer pour offrir un peu de lustre grandiloquent à ma solitude.

Je suis restée une bonne partie de la soirée comme ça. Suspendue au-dessus de l'eau noire, tout en sachant que je ne la rejoindrais pas.

Je jouais à me faire peur. J'étais transie de froid. Je pensais à Franz. Et je me suis mise à espérer une chose : qu'il se tienne derrière moi. Qu'il soit venu jusqu'à la berge pour me chercher. Je l'imaginais tout prêt. Et je croyais sentir ses mains déposer un châle sur mes épaules. Je pensais entendre une voix (plus douce encore que la laine du vêtement) m'inviter à rejoindre le chemin de la maison et me dire qu'une soupe chaude m'attendait à la cuisine. Mais je restais seule. Pas de voix. Pas de châle. Pas de soupe. J'ai pris la mesure de l'immense solitude qui était la mienne et de tout ce qu'elle supposait. Il me fallait composer avec elle. N'attendre rien de personne. Rester debout.

Des renégats – Paris, 7 avril 1951

En repensant aux mots de mes amis concernant l'amour et donc un certain rapport au mystère, je me dis que je suis comme eux : je ne sais pas si je crois en Dieu. Franz taquinait Adonaï, Sadegh fait des nœuds à la barbe d'Allah, et moi je dispute avec mon père fantôme. Je me suis fabriqué une sorte d'autel intérieur constitué de bric et de broc, empruntant çà et là à mes deux complices un peu de Torah et de Coran. Un peu de tout ça pour régler mes comptes avec la transcendance et le masque à lunettes que j'ai posé sur son front vide.

À Prague, je songeais à Dieu et à mon père en passant devant l'église du Tyn. Franz me précédait. Il venait d'enlacer la taille de la jolie Felice. Elle minaudait. (Étais-je un peu jalouse ?) La nuit était granit et sa lumière grise sculptait la banalité des formes urbaines qui finissaient par recouvrer un certain prestige. La Vlatva bouillait. Le bruit des talons de la fille résonnait sur le pavé de la berge humide et le ciel dégoulinait sur le couple avec sa lumière de chandeleur. On aurait dit, en effet, que la nuit était pleine des restes du jour ou bien que le jour s'était émietté dans la nuit. Rien n'était franc et moi j'avais les nerfs en pelote à les voir, ces deux-là. Alors j'ai jeté mes yeux en direction des toits pointus de la ville pour échapper au spectacle affligeant des deux palombes transies. Devant la cathédrale Saint-Guy, j'ai vu l'archange saint Michel terrasser le dragon. La composition a provoqué en moi un mélange singulier de colère et de ravissement.

C'est sans doute dans cet état que je me serais trouvée si j'avais eu l'aubaine, ce soir-là, en bifurquant vers le centre-ville, de croiser mon père en armes et ailé. (Mon père a forcément à voir avec les guerriers célestes et donc avec la chute.) Du promontoire où je l'ai placé, j'éprouve un malin plaisir à le faire choir. Et quand il tombe dans le puits sans fond que j'ai creusé pour lui avec mes ongles, il crie mon nom en me suppliant de le retenir. J'éprouve alors un plaisir cuisant qui me brûle le ventre. Mon père dégringole dans un trou et je reste les pieds fermement campés sur le sol des hommes, assistant à la chute sans reddition de celui qui m'a créée. Je renvoie aux confins celui qui a décidé de ma vie sans préalable, en m'obligeant à sortir du ventre de ma mère. Je suis l'instigatrice d'une descente favorable à mon ascension, je me hisse aux petits sommets de l'existence, entretenant la croyance (sans doute factice) d'être à l'origine de tout et principalement de moi-même. Voilà à quoi ressemble ma religion : à la mise en scène toujours recommencée d'une dégringolade et d'un sacre.

Parvenu au seuil du Palais, cet empoté de Franz s'est enfin risqué à embrasser Felice qui n'attendait que cela. Le temps du baiser, elle a bien dû cesser de glousser, la jolie dinde. Ils sont restés un moment comme ça, collés comme des huîtres à leur rocher, puis ils se sont quittés et j'ai pu suivre Franz jusqu'à sa chambre, où il comptait veiller une partie de la nuit pour écrire. Mais au seuil de son antre, il m'a ordonné de le laisser et j'ai trouvé son ordre odieux. À l'instant où j'ai refermé la porte sur lui, le monde m'est apparu comme une erreur lamentable, une faute de goût, un manque de concertation. Nous vivions tous les deux sous le même toit, or nous étions seuls. Un battement d'ailes du destin aurait suffi pourtant à abolir nos solitudes, à me faire entrer par effraction dans sa chambre pour le brûler et qu'il me brûle. (J'aurais fait tellement mieux que Felice.) Mais je restais prostrée dans mon grenier, guettant l'aube qui me ramènerait à lui dans la cuisine envahie par l'odeur du café, sachant qu'à ce moment il ne se passerait rien et que, blafard, il boirait sa mélasse sans prononcer un mot. Il ne me resterait donc qu'une chose à faire : tout réinventer, jusqu'aux silences que Franz m'offrait lors de ces scènes muettes. Car je me nourrissais de tous ces moments où le sens tremblait au bord des yeux rougis par la nuit trop courte, où le secret frémissait à la commissure des lèvres jointes. Ma mythomanie était le contrepoison radical à mon sentiment d'abandon.

Au printemps 1914, alors que je m'étais installée à Paris depuis quelques semaines déjà, j'ai reçu une lettre de Franz. La missive datait du 8 mars 1914. Dans sa lettre, mon ami se confiait essentiellement au sujet de Felice et de son aversion pour le mariage. Il se sentait seul et, bien qu'il s'en plaignît, il admettait rechercher cette solitude avec avidité, comme d'autres se perdent dans la boisson ou les drogues. J'ai conservé la lettre comme une sorte de talisman. Plus tard j'ai découvert, en lisant son *Journal*[30], que le courrier qu'il m'avait adressé correspondait dans ses grandes lignes aux pages datées du "9 mars 1914". J'ai donc été la première à connaître ses mots – devenus fameux depuis – et j'en suis fière. La lettre était très longue. J'en ai malheureusement égaré quelques feuillets. Je relis souvent ceux que j'ai conservés. Ils sont d'un joli bleu délavé, écrins d'une prose en morceaux à la différence du souvenir si franc que j'ai gardé de son auteur. Il s'agit d'un dialogue entre Franz et Franz. Un dédoublement. Une saynète écrite pour moi :

Prague, 8 mars 1914

Bien chère Luce,

Vous me manquez. Je vous envoie cette petite scène que je pense retranscrire sous une autre forme dans mon Journal, *celui que vous lisiez en cachette lorsque vous faisiez ma chambre. Cela ne m'a jamais déplu – tant s'en faut – et pour tout vous dire je crois même que beaucoup de ses pages ont été écrites dans l'espoir que vous les parcourriez dans mon dos.*

Faites-moi l'honneur de ce dialogue avec vous, ici.

Avec toute ma tendresse,

Franz.

… je ne me marierai pas.

Est-ce bien sûr ?

Oui… j'ai presque trente et un ans, je connais F. depuis près de deux ans, j'ai donc un aperçu général de ma situation… Une vie de fonctionnaire pourrait me convenir si j'étais marié.

Mais alors, tu aurais pu te marier ?

Je n'ai pas pu me marier… tout en moi s'est révolté contre le mariage… C'est principalement le désir de préserver mon travail littéraire qui m'en a empêché, car je croyais ce travail menacé par le mariage…

Pourquoi renonces-tu à l'espoir d'obtenir F. malgré tout ?

J'ai déjà tout tenté…

Que veux-tu donc faire ?

Quitter Prague.

Mais tu es habitué à une vie facile ?

Non, à part une chambre et une pension végétarienne, je n'ai presque besoin de rien.

Es-tu en bonne santé ?

Non, cœur, sommeil, digestion[31].

Ai-je été une part de lui-même à travers ce monologue ? Dans ces lignes, j'ai le sentiment qu'il m'a fait parler. Qu'il m'a donné la parole. Donné le souffle. Qu'étais-je au fond pour lui ? Comment me voyait-il ? Qu'attendait-il de moi ? Il me disait si peu de choses. Peut-être voyait-il en moi une maîtresse ? S'il m'avouait à quel point sa relation avec F. était un désastre, sans doute était-ce pour m'inviter à le rejoindre ? Ou alors me considérait-il comme une sorte de sœur ? Car je crois que j'ai été sa sœur aussi. Pascal s'entretenait avec la sienne, Jacqueline, au sujet de la grâce et du jansénisme.

Les dernières lignes de Rimbaud ont été pour sa sœur, Isabelle. C'est l'affreuse Elisabeth Förster qui a travesti l'œuvre de Nietzsche après la mort de son frère, vouant celle-ci aux exégèses raciales les plus douteuses. Shakespeare trouva son alter ego en sa sœur écrivain, Judith, acculée au silence par l'époque. Paul était poète et Camille était folle – forcément –, puisqu'il ne pouvait y avoir deux génies chez les Claudel. Je suis un peu de toutes ces sœurs. La mystique, l'infirmière, la despote, la souffleuse planquée sous le plancher du théâtre, la démente.

Être une amante, c'est n'être rien d'autre qu'une passade. Mais la sœur s'inscrit durablement dans la vie d'un auteur, comme des initiales gravées sur le tronc d'un grand chêne. Pourtant Franz ne m'a jamais rien confié sur le sujet. Il fallait que je déchiffre ses silences, décrypte ses regards fuyants, interprète ses gestes hésitants. Bref, que je devienne la traductrice de sa gaucherie merveilleuse. J'étais assise aux premières loges et ce temps béni des devinettes me manque cruellement.

Pour Sadegh, c'est surtout la grammaire qui est magique. Il me répète à longueur de temps qu'il n'y a pas d'émotion valable sans syntaxe et que la magie est une pratique de grammairien. Puis nous en venons à la question de *Dieu* et nous en plaisantons aussitôt. Lequel de nous deux est-il le plus sceptique ? Je crois que cela dépend des jours. Pour lui, la métaphysique est un principe vide. En définitive, est *métaphysique* ce qui consiste à ne penser à rien. L'ennui est profondément *métaphysique*, et pour cette même raison un état à rechercher avidement.

Les arbres ne pensent pas. Ils sont donc *métaphysiques*. Tout comme les fleurs et le grand ciel vide. Dieu souhaite que les hommes soient obéissants. Aussi ne faut-il pas Le prier car Il ne souhaite pas se faire connaître de ses créatures. Louer Dieu est utile aux hommes, non à Dieu[32].

Conclusion : ce qui reste aux vivants est donc la magie.

Moi, Dieu, je n'en pense pas grand-chose. Longtemps j'ai cru qu'il avait le visage de mon père, les mains de mon père, qu'il fumait et qu'il était gaucher comme mon père. Puis, quand j'ai été en âge de séparer ma déréliction d'une certaine propension au mystère, j'ai admis que notre peur du vide était à l'origine de toutes nos cathédrales et que mon père était aussi *métaphysique* qu'un coq de bruyère.

De la science – Prague, janvier 1914

L'homme est un inachèvement, me répétait Franz. J'avais l'impression que l'idée le réjouissait, sans saisir alors la raison de cette joie. Aujourd'hui, j'ai compris que son enthousiasme venait de la certitude que *l'inaccessible* restait un défi lancé aux désirs et que cette dynamique profitait à son existence au même titre qu'à son écriture. (Me concernant, je pense la même chose de la faim et du vertige souvent agréable qu'elle engendre.) La vie n'était donc rien d'autre pour lui qu'un dialogue avec les petits riens et leur caractère inéluctablement inachevé. L'écriture, loin de combler ce vide, en faisait le constat, s'installait dans la brèche, et révélait toute sa force une fois penchée aux bords de cette béance.

Franz rêvait d'une *transmutation* – au sens alchimique du terme – de la vie par l'écriture. Et dans le contexte de cette opération, j'avais un rôle à jouer.

À Prague, nous flânions souvent rue de l'Or, la rue des alchimistes. Elle était bordée de petites maisons multicolores, où avaient vécu ces sorciers magnifiques sous le règne de Rodolphe II de Habsbourg, empereur allemand, roi de Bohême, souverain mélancolique, dont l'humeur noire patine encore tous les murs de la ville magique. Ces maisons basses à colombages, aux toits de brique rouge piqués de cheminées, furent les antres des hommes en quête du Grand Œuvre. Les traces de la quête alchimique se nichaient dans chaque recoin de la cité : bestiaires magiques, forêts de symboles occultes en parcouraient les dédales. Il y avait la Clef d'Or de la rue Neruda, le Soleil Noir de la rue Celetna, la Madone Noire place du Marché-aux-Fruits, les Trois Cœurs rouges rue Uvoz, la Licorne place de la Vieille-Ville. Les murs d'enceinte du château Brandys, où nous nous sommes rendus une fin d'après-midi, étaient couverts eux aussi d'étranges graffitis, témoins de cet âge. Franz en déchiffrait le sens pour moi, m'expliquant que son travail consistait toujours en une interprétation des signes et que tous ses livres étaient des *traductions*. Puis il ajoutait que les mots ne parvenaient à leur quintessence que si le lecteur s'engageait de façon active dans la fiction rapportée par l'arpenteur du réel qu'était l'écrivain.

Lors de ses confidences, je me sentais bien plus qu'une femme amoureuse des livres.

Tandis que nous flânions dans la salle des armoiries, j'ai compris que j'étais préposée au rôle d'assistante. Grâce à ma lecture, l'opération fonctionnait. Franz m'aimait, parce que j'étais sa première lectrice et que je l'accompagnais au sein d'une fiction diffusant sa chaleur bienfaisante. La *quintessence* était obtenue après friction, macération, ébullition des images, et à la condition d'une rencontre entre nos deux consciences. Alors, l'éblouissement qui provenait du livre en cours n'était rien d'autre que la danse du réel. Car la réalité était ce que Franz transformait, lui conférant un rythme, une mélodie. Il orchestrait la partition du monde, non pour en réinventer l'intention, mais pour la faire entendre telle qu'elle était : étrange, inquiétante, effroyable, parce qu'absolument vraie. Et les mots de l'écrivain n'avaient pas d'autre ambition que de fixer cette vérité avec un acharnement têtu. La mauvaise littérature tourne le dos à la réalité. C'est le réel lui-même qui est magique, évidence que mes deux amis ont parfaitement saisie.

Regagnant la maison, nous sommes passés rue Neruda. Aux portes du palais Morzin étaient nichées deux allégories : le Jour et la Nuit. Un jeune garçon hilare, montrant un soleil gravé sur sa poitrine, représentait le Jour. La Nuit était une jeune fille nue, fermant les yeux, la tête inclinée sous une capeline émaillée d'étoiles. – Luce Notte, vous êtes ce Jour et cette Nuit en même temps, mon Soleil Noir, un cercle parfait dans ma vie.

Je l'écoutais en silence. Ravie.

Écrire était la seule nourriture de ce *champion du jeûne.* Son unique possibilité d'existence. Il n'était éveillé au monde que dans l'espace littéraire de ses figures intérieures, tandis que la part de lui-même qui s'était perdue dans l'extérieur dormait d'un sommeil lourd, épais. En dehors de cet espace intime où la littérature se faisait, Franz n'était qu'un dormeur qui traversait la vie, les yeux grands ouverts, continuellement épuisé comme on l'est après un repas trop copieux. Ce n'était que dans le songe du texte à écrire, que dans le creux du désir concave, qu'il voyait.

J'étais ses yeux. J'étais sa faim. Sans cette double vue, il n'aurait été qu'un animal enterré vivant au fond d'un terrier ou un cancrelat collé à un matelas poisseux. La tendance première de l'être humain consistait selon lui à retourner vers l'animal, à être une bête. On marchait dans les rues, allait au bureau, s'alimentait comme du bétail pour survivre. L'existence n'avait alors pas plus d'envergure que la surface de son bureau à la compagnie d'assurances et la parole pas plus d'attrait que les mots mâchés par ses collègues à l'heure de la cantine. L'homme attendait son fourrage, ses lois, son règlement comme les vaches attendaient leur foin. L'homme voulait manger et obéir. La liberté lui faisait peur. Notre espèce passait son temps à pleurnicher derrière les murs d'une enceinte qu'elle avait elle-même bâtie pour s'y enfermer. Franz était un passe-muraille. Et la vie, imparfaite, inachevée, devenait un prétexte à la magie ainsi qu'à tous les enchantements. Mais pour cela, il lui fallait avoir faim. Il était l'artiste de cette faim. Il était heureux de ne pas trouver d'aliment qui pût lui plaire. S'il avait eu le malheur de le dégoter, il aurait été repu et se serait rempli comme ses congénères. Il tirait un grand orgueil de cette maîtrise[33].

À l'heure de la préparation des repas, dans la cuisine, il attirait mon attention sur tout ce qu'il y avait de singulier dans cette pièce pourtant dénuée de lustre :

le rouge vif des pommes,

le tranchant argenté du hachoir en acier,

l'odeur aiguë des gousses d'ail pendues au plafond,

le verre épais de la bouteille de limonade recélant des milliers de petites bulles,

la blancheur éclatante de la vasque et le bruit de sable qu'on y entendait quand on y déposait une assiette,

le chant de l'eau claire qui coulait du robinet en fonte,

l'étrange onde sonore qui venait du téléphone et qui emplissait la maison,

et la voix qui montait tout à coup pour parler à l'Invisible.

Le téléphone était la preuve de l'Invisible, l'indice qu'une autre voix s'exerçait ailleurs et qu'on pouvait dialoguer avec elle, même si elle était lointaine, immatérielle, lunaire. En somme, ce qui était fantastique, irréel, c'était le monde d'ici-bas. Et l'imaginaire n'entretenait aucun rapport avec l'obscure caverne dont nous avait parlé Platon, non, la merveille était là, sous nous yeux, il suffisait de les ouvrir pour ressentir. L'étrange était donc à portée de main.

Pendant que la soupe cuisait, nous avons rejoint le salon. Je suis passée devant le grand miroir qui surmontait la prussienne où Franz venait de démarrer un feu. (Nous avions eu très froid au château Brandys.) Le couple Kafka était de sortie. Nous avions tout le loisir d'occuper la maison et de jouer aux pitres comme il était tentant de le faire chaque fois que le champ était libre. Mon image dans le miroir était celle d'une très jeune femme.

J'ai dit au début de ce récit que je faisais plus vieille que mon âge. Mais pour être précise, j'ai toujours eu un physique fluctuant. Certains jours j'offre le spectacle d'une gamine, et d'autres celui d'une femme mûre. Les changements qui surviennent sans que je sache pourquoi me sidèrent encore aujourd'hui. Sont-ils la conséquence du sort qu'un soir Franz m'a jeté ? Mon ami avait remarqué dans le miroir le caractère étrangement juvénile de mes traits. Alors il s'est mis à me conter l'histoire de la fille du roi Rodolphe II. L'idée de la mort terrifiait le monarque mélancolique. Celui-ci était très lié à l'alchimiste Hieronymus Makropoulos, lequel, raconte-t-on, inventa un jour l'élixir de longue vie. Courageux mais peu téméraire, le roi testa l'élixir sur sa fille, Elina, qui toute sa vie donna l'impression d'avoir quinze ans même à cinquante passés.
– Je vais vous appeler Elina, à présent, et je vous condamne, chère Elina, à montrer visage et corps d'enfant toute votre vie.

Ce soir-là, face au feu de la prussienne, Franz m'a renvoyée sans même s'en douter au mystère de mes origines, au fantôme adoré qui chaque jour me faisait boire l'amer jusqu'à la lie et me condamnait à vivre dans cet étrange corps.

À 9 heures, nous avons avalé la soupe et croqué des amandes. Franz était beau comme la journée que nous venions de passer ensemble à parcourir la ville magique. Aujourd'hui les trois cœurs de la rue Uvoz tremblent toujours dans ma mémoire. Ils palpitent, rouges et renflés, sertis dans leur médaillon de stuc blanc. Et quand bat sous mes paupières closes le souvenir si vivace de mes vingt ans, j'y retrouve ce que j'avais deviné à l'époque : une image de l'avenir, Franz, Sadegh et moi, une synthèse de nos trois visages, un mélange de nos sangs mêlés, le palimpseste de nos Œuvres au Noir.

De la guerre et des guerriers – Paris, 25 août 1914

Je venais de recevoir une lettre de Franz qui m'écrivait dans son courrier daté du 2 août que l'Allemagne avait déclaré la guerre à la Russie. Ensuite, il me renseignait sur le programme de sa journée : il irait à la piscine[34].

L'illusionniste – Paris, 8 avril 1951, 17 heures

Empilés à côté du matelas de Sadegh, des livres concernant les sciences occultes, les religions archaïques (Zoroastre et Bouddha), des poèmes d'Omar Khayyâm, un traité d'Arthur Schopenhauer dans une édition allemande, une édition toute gondolée d'*Ainsi parlait Zarathoustra.* Le sol de la chambre est couvert de papiers griffonnés, ainsi que de vieilles revues. L'une d'entre elles attire mon attention : *Le Voile d'Isis.* Sadegh me dit que c'est dans ce mensuel qu'il a publié en 1926 *La Magie en Perse.* Ensuite, il m'explique qu'il s'est détourné de cet écrit, non pour le thème, qui lui est resté cher, mais en raison de l'accueil qu'on lui a fait.

Les critiques ont été mauvaises ?

Non. Mais elles m'ont vexé.

Je ne comprends pas.

Le petit cercle d'intellectuels parisiens que je fréquentais versait dans une sorte d'orientalisme kitsch que j'ai jugé condescendant. Leur enthousiasme, pétri de complexes colonialistes – l'Iran n'a jamais été occupé, mais ces philanthropes préféraient les clichés à l'Histoire – et leurs mots sirupeux m'ont fait mal.

Ils vous prenaient de haut ?

Mon œuvre littéraire passait au second plan. Ils recherchaient l'exotisme, le folklore. Je n'étais qu'un poète *sucré*, vaguement inquiétant, et la curieuse dissonance collait parfaitement au dandysme d'un certain milieu. Aux soirées de Montparnasse, les surréalistes, qui portaient turbans, pantalons bouffants et chapeaux orientaux, se drapaient de mes phrases comme les putains de crêpe et de moire. La clique de Breton était imbuvable. Par ailleurs, je n'ai jamais apprécié le bonhomme et j'ai toujours senti les limites de son système.

Le vôtre dépassait celui de ces gens de trente coudées.

Je ne prenais personne de haut en France. J'aime tant Paris. Chaque fois que j'y reviens, j'en baise les pierres.

Et ?

Rien, Luce. Je suis triste ce soir.

D'où vous vient ce goût pour la magie ?

Sans doute des contes fantastiques que me lisait ma nourrice. Ils sont restés mon monde.

J'aime quand vous perdez pied. Quand il n'y a plus de point fixe et que tout flotte dans la chambre.

Je ne supporte pas les écoles. Si Freud m'intéresse, je refuse son système. Je lis Marx, mais j'ai renoncé à devenir communiste. Je n'ai pas besoin de leur théorie. Le réel et son étrangeté me suffisent.

Je vous comprends.

Mais il existe une autre méthode si l'on veut demeurer en apesanteur.

Laquelle ?

La lecture. Quand je lis, il m'arrive de déformer les lignes et cette déformation me dicte le texte nouveau, celui qui m'emmène très au-delà de tout ce que j'ai sous les yeux.

Mais votre inspiration est tronquée.

Je suis un écrivain faussaire. Et vous, Luce, vous êtes une sale petite voleuse.

Il se lève, escalade sa malle pour atteindre le haut du vaisselier où il range son vin. Il se saisit d'une bouteille bouchée à la cire, montre sourire immense

– C'est une cuvée de l'année de ma naissance. Nous la boirons une nuit ensemble, je vous le promets, en hommage à vos merveilleux larcins.

L'atmosphère de la chambre est lourde. On décide de sortir. On marche au hasard pour échouer sur les bords du canal Saint-Martin. Des bacs brûlent quai de Valmy. Combustion d'ordures ménagères, de vieux journaux, de reliquats du marché. Dans ce secteur, une partie de la faune urbaine dort chaque nuit sous les ponts. Odeurs âcres de vinasse et d'excréments humains. Nous remontons le canal vers le quartier de la Villette. L'eau verte est morte. S'y reflète le feu des bacs. L'incendie aimante les yeux de Sadegh. Il dit que certains éléments du réel destinés à devenir poème agissent sur les artistes comme le feu. Cette combustion spontanée leur révèle l'invisible et la poésie vraie. Ce feu les purifie, leur ôte du corps et de l'esprit toute substance superflue risquant d'entraver la création. Dans ces moments, leur être comme leur œuvre se confondent et deviennent vif-argent. Mais pour cela il faut accepter de s'immoler.

Il parle ensuite du culte que les Iraniens vouent à Zoroastre et de leur inclination à la magie. Ces hommes et ces femmes s'inscrivent dans le mouvement général de l'univers, participent à la gravitation des sphères terrestre et céleste, à la croissance des végétaux, aux mouvements de l'air et des mers. La magie, la certitude d'être intégrés au Tout leur garantissent ces moments d'harmonie avec eux-mêmes. Sadegh me confie qu'il lui arrive de connaître ces dispositions et qu'il jouit dans ces moments-là d'un grand réconfort, d'une authentique quiétude qui, même si elle n'excède jamais le temps d'une journée, le remplit de foi.

Pourtant c'est elle qui me manque, ajoute-t-il, la foi me manque. Trop souvent je suis écœuré par l'idée du rien autant que par ma propre haleine. Mon souffle a l'odeur soufrée de la peur car j'ai toujours peur. La certitude du néant s'impose et ne produit rien de bon en moi. Alors je lutte. Je tente de me persuader que cette conviction pourrait aboutir à une poétique du désespoir assez brillante qui transformerait ma mélancolie en une sorte de langueur loquace. Or rien n'y fait. La vacance de mes idées, le trou que j'ai à la place du cœur, les vertiges que représentent pour moi le passé et l'avenir n'ont d'équivalent que la nasse informe du présent où je me débats. J'ai passé ma vie à chercher le feu des zoroastriens. La douce flamme blanche qu'ils allument dans les temples et entretiennent tout au long de leur vie. Parfois, de façon fortuite, je la débusque comme ce matin parmi les ordures. Mais au bout du compte, l'autel de ma foi n'a pas plus fière allure qu'une benne débordant de déchets domestiques. Je suis un homme du domestique, du petit, du mesquin. Je n'ai jamais rien entrepris de grandiose. J'ai travaillé dans une banque puis comme architecte dans une entreprise de travaux publics. J'ai même fait des études de chirurgie dentaire, toujours avec cette fâcheuse impression de perdre mon temps. Je m'ennuyais. Je m'aliénais comme les graveurs de cuir de mon pays, qui reproduisent à l'infini le même motif sur les écritoires pour les vendre ensuite au bazar. Ces objets banals à pleurer n'attirent que l'attention des touristes qui souhaitent rapporter en Europe un souvenir de Perse à peu de frais. Je n'ai été qu'un pauvre artisan, auteurs de babioles et fanfreluches sans grâce. Je ne suis pas un artiste. Pas encore. Il faudrait que j'aie le courage de.

De ?

Mettre le feu à toute cette merde.

Je me tais. Je suis saisie par la vision d'un spectacle plusieurs fois perçu en rêve : au bord du canal, il y a un vieil homme accroupi, coiffé d'un turban. Une jeune fille, habillée en noir, lui fait face et lui tend une fleur. Je reste pétrifiée. Sadegh lui aussi s'arrête de marcher. Il me dit qu'il a devant les yeux la même scène que celle écrite dans *La Chouette aveugle* et qu'il doit s'agir d'un message de l'au-delà. Je lui demande de préciser sa pensée. – Une vision de ma mort, me répond-il.

Notes prises à la Bibliothèque nationale de Paris

autodafés révolutionnaires en France place Vendôme le 19 juin 1792 puis pillages par le feu et vols dans les dépôts lors de la Commune incendie des fonds de l'Hôtel de Ville (120 000 ouvrages) des Tuileries et du Conseil d'État ainsi que d'une partie de celui du Louvre (notamment une bonne partie de la collection du *Mercure de France*) en Autriche le génicide peut prendre le visage paradoxal du despotisme éclairé comme sous Joseph II qui en 1782 au nom de l'idéal des Lumières supprime les ordres improductifs et non scientifiques du pays dont il vide les monastères en Espagne à la fin du xve siècle l'Inquisition s'en prend aussi bien aux livres juifs que musulmans destruction de la bibliothèque de Cordoue à l'entrée de laquelle on lisait *elle s'appelle Subh Aurore ou plutôt Subh la Basque selon son origine elle est esclave chanteuse du futur calife al-Hakam II qui l'aime éperdument* en Allemagne Luther et les réformés brûlent les livres des moines Jan Matthys ordonne une montagne de feu à Haarlem en 1534 la bibliothèque de Heildeberg est brûlée par les envoyés du pape un siècle plus tard

Le chant des tombes – Paris, 8 avril 1951, 19 heures

J'ai de nombreuses manies, la plus curieuse étant mon goût pour les virées dans les cimetières à la tombée du jour. À Paris, j'affectionne particulièrement celui du Père-Lachaise avant fermeture. Je me presse car bientôt le gardien me dira de regagner la sortie. Je parcours les divisions. Je suis ivre. Je collectionne les emplacements de caveaux anonymes, ceux dont l'identité a été effacée par les intempéries ou la végétation, et je spécule au sujet de la dernière demeure possible de mon père. J'ai répertorié de cette manière un nombre impressionnant d'adresses aux cimetières de Prague, Berlin et Paris.

Ne pas savoir où mon père repose est sans doute la solution pour être libre. Une tombe sans nom. Un corps sans lettres. Une histoire muette. Voilà ce que je cherche. J'ai passé le cap de la détresse absolue dans laquelle le silence me claquemurait. Ne pas connaître l'histoire et surtout ne pas l'avoir entendue contée par lui m'a longtemps semblé être la pire chose qu'il m'ait été donné de supporter. Mais les années passant, je me rends bien compte que j'y suis parvenue. Je repense à Franz qui me disait que le fait d'être lié par le sang à ses sœurs et ses parents était une réalité qui le dégoûtait. Il m'expliquait que la simple vue du lit conjugal, des draps fouillis, des vêtements pliés sur la chaise lui donnait envie de vomir. En fait, il ne se sentait rattaché ni à ces objets ni à ces personnes. Il était aspiré vers l'extérieur – C'est comme si je n'étais pas né définitivement, comme si je venais toujours au monde hors de cette vie obscure dans cette chambre obscure, comme s'il me fallait toujours à nouveau y chercher confirmation de moi-même, me confiait-il.

Les mots de Franz résonnent encore aujourd'hui. Et je sais que Sadegh pourrait en prononcer de semblables. Vivre sans le père, ce serait naître une seconde fois. Ce serait naître par soi-même. Par l'écriture. Naître en dehors du lit. La vraie vie d'Orphée commence au moment de la seconde descente. Moi aussi, je veux faire l'expérience de cette catabase. Je veux vivre dans ma propre nuit, celle dont j'aurai tracé les limites. Je veux oublier ma mère, ainsi que mon père fantôme. Être orpheline. Créer.

On ne crée que si l'on est orphelin.

J'en ai la certitude. Et une fois que je serai seule, sans attache, je mourrai en mettant au monde, en accouchant d'une œuvre. Pour mes deux amis, il a fallu écrire afin de *mourir* et embrasser une mort devenue vie au centuple. Pour moi, qui ne suis pas écrivain, il n'est question que d'un accompagnement. Être l'accoucheuse des rêves, celle qui allume la lampe à huile, apporte l'encre et le papier. Être celle qui encourage, donne la main, avance avec eux dans l'obscur, décille. Être celle qui efface le nom sur la tombe pour en inscrire un nouveau. J'ai écrit deux noms sur le ciment qui couvre le corps d'une ombre. Franz et Sadegh. Ces deux noms composent une gerbe de lettres et d'intentions ardentes. Ils constituent le bouquet de ma vie.

Te deum à trois voix. Eux et moi.

Je ne suis plus seule. Je suis la fille de leur nuit. Et elle est profonde. J'y descends. J'y descends. J'y descends. Je n'ai plus peur.

Leur écriture est un point d'ajustement de l'existence. Elle est un surcroît de vie dans la tentation de la mort même. L'œuvre s'inscrit dans l'instant où tout pourrait s'arrêter, en même temps que la tentation de poursuivre triomphe. Quand ils écrivent, mes amis sont happés par quelque chose qui n'est ni la vie ni la mort, mais un principe trouble quoique évident. Ils sont guidés par une sorte de sommation venue de derrière l'os du crâne, une voix têtue, impérieuse, avec laquelle on ne négocie pas.

J'ai déjà assisté à une extase. La première eut lieu une nuit de septembre 1912 à Prague. Une nuit dédiée à l'écriture. Une mort-vie. Une éternité. Il me reste à assister à l'entrée de Sadegh dans la sienne. Comment s'y prendra-t-il ? Et quel sera mon rôle ? Devrai-je lui tendre le bouclier de Persée ? L'aider à survivre au double mouvement de la perte et des retrouvailles avec lui-même ? Il ne faut pas que l'écriture et sa fonction de survie restent inopérantes. Je dois l'aider à sortir de la sidération, en la formulant. Descendre puis revenir. Suspendu à la corde des mots. Mais revenir prend du temps. Et je ne sais pas d'où l'on revient. Mais il faut revenir, même si certains matins on a la sensation d'être au fond d'un puits et que les parois glissantes n'offrent aucune aspérité où s'agripper. Écrire c'est remonter. C'est organiser la matière noire en y faisant rentrer de la lumière, de la fulgurance, de la vitesse.

La photographie de mon père, à force d'être pliée en quatre, a fini par s'abîmer. Les deux droites blanchies par le temps se rejoignent au centre du cliché – au niveau du sexe de mon père – et menacent de découper le carton en quatre petits rectangles réguliers. J'ai pris la décision de consolider le papier aux endroits des pliures, en recouvrant celles-ci d'adhésif. (Les lignes blanches étaient piquées de minuscules peluches de papier et on aurait dit de la moisissure.) La bande collante, translucide, a verni l'image sur quelques centimètres et sous ce lustre nouveau, certains détails qui appartiennent au corps de mon père et que j'avais oubliés sont réapparus. Je vois une bague à son index gauche, une guipure et des boutons au poignet de sa chemise, des côtes épaisses à son pantalon. Seules ces infimes parties du fantôme semblent vouloir rester avec moi tandis que les autres (c'est-à-dire les neuf dixièmes de la photographie) m'échappent.

La lisière des corps de Franz et Sadegh est venue se coller au mien ainsi qu'à celui de mon père. Ma contemplation présente, ma mémoire, ma façon d'envisager demain procèdent par fragments. Je suis le morceau d'un tout que je tente de comprendre. Je suis la parcelle d'un ensemble que je m'échine à recoller.

De la libre mort – Paris, 9 avril 1951, 1 heure du matin

Un pressentiment sinistre m'a tirée d'un sommeil sans rêve. Un cri lancé d'en dehors de moi. Une vision que je n'ai pas créée mais qui vient de plus loin. Un appel.

Je saute dans le dernier métro et remonte vers le nord.

Je frappe à la porte de la chambre rue Championnet.

Je suis au seuil.

Aucune voix. L'œil aveugle du judas bouché au mastic me regarde. Je frappe encore. Rien. La peur. Le froid. Je sens une odeur de gaz. La panique me gagne. J'ai l'impression que mes pieds s'enfoncent dans le paillasson. Je presse frénétiquement le bouton de la sonnette.

Toujours rien.

Je tambourine des deux poings à la porte qui, n'étant pas verrouillée mais juste tirée, s'ouvre dans un crissement de crécelle.

Je passe le seuil.

Une odeur d'œuf pourri me saisit. Je reconnais celle du gaz de houille qui sert à l'éclairage de la chambre. Redoutant la moindre étincelle, je reste dans le noir. Je cours à la fenêtre. L'ouvre. Le ciel est sans lune. Fermé. J'avance à tâtons. Je heurte une masse au sol. C'est le corps de Sadegh. Le réverbère de la rue éclaire la pièce unique de sa lumière grise. Je cherche des yeux les appliques murales d'où le gaz doit s'échapper. Elles encadrent la malle. Symétrie parfaitement funèbre. Je tourne lentement les petites molettes des lampes et stoppe les fuites. Je reste immobile. J'ai le souffle coupé. La tête me tourne. Nausée. Sueurs froides. Je reste un moment enterrée avec son cadavre dans la pénombre – car Sadegh est mort, je le sais.

Durant quelques secondes qui me semblent durer un siècle, je ne sais plus qui est mort : lui ou moi ?

Une vingtaine de minutes est passée. Peut-être davantage. J'ai perdu la notion du temps. Quand cela me semble possible, je tourne le bouton en porcelaine du commutateur.

Il a l'air de dormir. Il repose, étendu sur le carreau, devant le poêle à charbon. Air calme. Visage clair. Dans le gris de la chambre, je vois un livre de magie abandonné à côté du matelas. Ses lunettes à demi enfouies sous l'étole qui couvre sa couche. Les restes de ses manuscrits brûlés. La malle en fer vide. Ouverte. Béante. Caveau prêt à recevoir son corps. Comme la malle dans *La Chouette aveugle,* où le héros dépose celui de la jeune fille. Le corps coupé en morceaux. Et ce corps en morceaux, ce sont les livres brûlés de Sadegh.

Il fallait être cette jeune fille. Sa mort. Son ombre. Le livre achevé. Incendié. J'ose une chose peu convenable : je me saisis des lunettes en écailles du mort. Je les mets et me regarde dans le miroir. Avec le regard ainsi cerclé, je ressemble à une chouette et je vois incroyablement bien avec *ses* yeux.

Je suis enterrée dans l'appartement avec lui. Je l'observe. Il ouvre les yeux. Puis les lèvres. Il me dit que ses lunettes me vont bien. Qu'elles sont pour moi. Il me dit qu'il m'a attendue toute sa vie. Qu'avant il cherchait. Et que cette nuit, il a trouvé. Il s'est trouvé. L'œuvre est achevée. Dans la lumière. En pleine nuit. À la grâce de Luce Notte. Quand il dit cela, le poète est recroquevillé tel un fœtus face à moi, l'Accoucheuse. Ses mains sont jointes sous son menton. On dirait qu'il prie.

Le temps de Sadegh – comme celui de Franz – s'est ouvert sur nos rencontres. Je les ai accouchés. J'ai aidé à la dilatation de leur ventre. Maïeutique de nos dialogues. Leur présent était constitué d'un retard. Semblables à l'ange Gabriel qui avait laissé son aile gauche derrière lui, empêtrée dans la matière, tous les deux revenaient toujours sur leurs pas pour regarder en arrière. Je les ai obligés à regarder en avant. À voir loin. Comme Gabriel qui rétrograda dans la hiérarchie céleste en raison de son enlisement dans les choses, mes deux amis faisaient du surplace. Ce retard les enfermait dans le passé. Je leur ai ouvert une porte sur l'avenir. J'ai fait d'eux des prophètes. Le prophétisme, c'est le réveil du Même par l'Autre. Prophétisme de Job et d'Ézéchiel. Insomniaques à l'origine, dans leur douleur ils se sont enfin endormis, mais leurs cœurs veillent. Il faut que quelque chose dorme pour qu'une autre chose se réveille. À la fin du *Banquet* tous les convives dorment mais Socrate, à l'aube, continue de parler.

Quelle heure est-il ? Depuis combien de temps suis-je là ? J'ai le vertige. Ce sont peut-être les verres qui ne me conviennent pas. Mais je garde ses lunettes sur le bout du nez. Je veux voir avec ses yeux. J'avance vers la vasque pour me passer de l'eau sur le visage. Au premier plan de la surface éclaboussée de savon, je me reconnais dans le miroir. Au second, je distingue Sadegh, une heure ou deux avant le drame. Il fait les cent pas dans sa chambre. Il est d'une nervosité extrême. Ses mains sont tordues, son visage défiguré par l'angoisse, son corps très maigre comme coupé en deux. On dirait qu'une main invisible lui appuie sur les épaules et l'oblige à se voûter. Son squelette douloureux grimpe sur la malle puis attrape une bouteille de vin perchée en haut du vaisselier. La bouteille bouchée à la cire rouge. Celle de l'année de sa naissance qu'il avait promis de boire avec moi. Le voilà qui porte un toast. (Comme s'il me voyait. Comme s'il devinait ma présence. Le miroir nous réunit dans un même cadre et un même temps. À l'heure de son suicide, j'ai donc été à ses côtés et nous avons bu ensemble dans le tain des miroirs striés de reflets mélancoliques.) À présent ses lèvres bougent – *Viens, allons boire du vin, boire du vin de Ray. Si nous ne buvons maintenant, quand donc boirons-nous*[35]? Je lis sur les lèvres du cadavre qui parle dans le miroir. Je lis le livre sur sa bouche de condamné. Car le monde serti dans l'image d'argent est un monde muet, un monde de mots tus. Il boit à larges goulées tout le contenu de la bouteille, à l'exception d'un verre qu'il a rempli à ras et posé sur son bureau à côté de l'encrier. Ce doit être ma part. L'offrande qu'il m'a réservée. Il a donc tenu sa promesse. Je me retourne et, effectivement, sur le bureau, je vois le verre de vin plein qui m'attend à côté de l'encrier. Je m'approche et m'en saisis. Je bois. (Oui, cette nuit il a bu le vin de Ray avec moi. Nous avons connu la même ivresse.) Puis je reviens au spectacle du miroir. Une fois la bouteille vidée, son visage montre des traits sereins. Il sort les manuscrits de la malle avec une lenteur cérémonieuse. Il s'agit de paquets de feuilles ficelées entre elles. D'un geste mécanique qui ne trahit aucune hésitation, il délace tous les cordons des liasses. Si jusqu'à présent chacun de ses mouvements révélait le doute, désormais tout est certain. Il mélange les feuillets entre eux comme s'il battait des cartes et le monticule finit par ressembler à une petite tour de Babel. Un livre unique prêt pour le sacrifice. Sadegh est devenu Abraham, Agamemnon, Jephté. Il craque une allumette. Le feu jaillit du poêle. Il porte un à un chaque feuillet au-dessus des flammes. La chambre rougit. Puis s'éteint. Les pellicules de papier brûlé tombent sur le carrelage en flocons. Neige noire. Hiver dans la piaule. Le passage du sens au néant ne prend pas plus de trois secondes. C'est sidérant. Il tousse un peu. Continue. La chambre rougit. Puis s'éteint. Il est facile de tout détruire. Ce doit être la preuve que la construction ne valait pas grand-chose. Sinon il y aurait une forme de résistance. Un principe se révolterait contre tout cela. On percevrait une trace d'opposition commandée par quelque instance secrète ou autre engeance supérieure. Mais rien. Rien. La moitié des manuscrits est anéantie. La cérémonie s'accomplit dans l'indifférence de la chambre et son ironie nocturne. Je suis le seul témoin de l'holocauste et, dans le tain du miroir, je ne peux rien faire. Si je crie, il ne m'entend pas, si je bouge, il ne me voit pas. Il est seul. Il lance quelques cokes dans le poêle pour achever la besogne plus rapidement. Il doit craindre de manquer de courage. Redouter que l'action désinhibante du vin tarisse. Ça y est, tous les manuscrits sont détruits. À présent, il s'avance vers les appliques et souffle dans les globes en verre sur les mèches incandescentes. Le gaz de houille continue de s'échapper. Il fait nuit. Il recule de quelques pas puis se couche sur le carrelage couvert de cendres. Doucement, la ténèbre verse le contenu de son urne au creux du dernier rêve de Sadegh.

Je sors du miroir.

Jamais son visage n'a autant ressemblé à celui de mon père. C'est sidérant. J'ai trouvé ce que je cherchais moi aussi. La rencontre avec le fantôme vient d'avoir lieu. Dans cette odeur de gaz qui lentement se dissipe pour être remplacée par celle du papier brûlé. Je m'approche du tas de manuscrits carbonisés. Mes doigts frôlent les fragments de feuillets calcinés qui se décomposent à leur contact.

Il reste un cahier. Un unique cahier intact, épargné par le feu. Je l'ouvre et y lis en première page : *À Luce Notte, en la remerciant de m'avoir accompagné dans ma nuit.*

Je garde les lunettes sur le bout du nez et me précipite dans l'escalier, le cahier bien serré sur mon cœur. Alors que je descends en trombe, je croise un homme à l'entresol. Demain, en lisant le journal, je saurai qu'il s'agit d'Edouard Saenger, le vieil ami de Sadegh qui l'a aidé à emménager rue Championnet et qui, ayant découvert son corps sans vie, a alerté la police.

De la domination de soi – Paris, 10 avril 1951, 10 heures

Entrefilet dans la rubrique “Faits divers” du journal *Le Monde* : “Le beau-frère du général Razmara se suicide au gaz d’éclairage.”

Douze petits mots. Et son nom n’apparaît même pas. Il n’est que le beau-frère d’un général.

Il n’est rien.

Le geste ultime qu’a été son suicide, la parade destinée à mettre un terme à ses souffrances, en parachevant l’œuvre au moyen de l’action, a été relayé par la presse française de manière odieusement anonyme. L’unique ligne qui fait office d’oraison funèbre est noyée sous les logorrhées économiques consacrées à la crise du pétrole et du gaz avec l’Iran. Je vais même jusqu’à penser que le journaliste a souhaité verser dans un cynisme macabre en précisant que l’Iranien a eu l’indécence de gaspiller le précieux carburant, alors que la France manque d’énergies fossiles.

Ce matin, le premier suicidé de la littérature persane est un homme libre. Libre de fustiger toute forme de tyrannie, que celle-ci soit religieuse ou politique. Libre de rappeler que l'homme est une créature déchue, que le ciel est fermé, et que l'enfer est couché dans une malle.

Des trois métamorphoses – Paris, avril 1951

Je suis née à Prague et Paris.
J'y suis morte aussi.
Brûlée vive.
Luce Notte, 1912-1951.
Je suis la fille de Personne.

On devient humain en raison du dégoût de soi-même et de la conscience de n'être qu'un homme, un principe imparfait. Cette misère est le point de départ de notre grandeur. Mes deux amis cultivaient une aversion honnête pour ce qu'ils étaient. En cela ils se révélaient plus humains encore que n'importe lesquels d'entre nous. J'ai tenté de leur renvoyer une image séduisante de leur condition. Je les ai assistés, encouragés, profondément aimés aussi.

À l'heure où j'écris, le sentiment de l'échec m'accable. Il me semble n'avoir été que le témoin impuissant d'une mélancolie qui ne se partageait pas. J'ai poussé la maladresse jusqu'à leur suggérer de l'exploiter, parce que je la trouvais belle. Doit-on trouver quelque beauté au chagrin ? La détresse présente-t-elle une grâce que l'on puisse conseiller à ceux qu'elle ronge afin d'élaborer une œuvre que d'autres – alors plus heureux – auront la faiblesse de trouver séduisante ? Le monde entier se pâme à la lecture de leurs livres. Je sais tout ce qui leur en a coûté.

Je suis incapable de dire s'ils ont trouvé ce qu'ils cherchaient. En ce qui me concerne, en revanche, je sais que la quête jamais réalisée a fait de moi un être de la faim. J'aime ma faim. Mon éternelle insatisfaction qui toujours accompagne mon désir de perfection. Je chéris ce désir plus que tout et en cela mon entreprise a été une grande réussite.

Je suis aussi la propriétaire comblée de deux livres qui ne s'adressent qu'à moi. En les lisant, je les ramène à la vie. Je suis une magicienne.

Où vont les gens dans les villes ? Vers les fleuves qui se jettent dans la mer ? Vers les églises ? Vers les gares ou les cimetières ? Il s'agit d'un voyage dans tous les cas. Sans point de départ ni point d'arrivée. Les voix qui composent le roman de ma vie me semblent avoir une origine de plus en plus douteuse. Mais ce mystère a cessé de m'effrayer. Bien au contraire, il me rassure. Je ne parviens plus à identifier la nature des choses, ni des êtres. Je ne me connais pas. J'ai admis cette ignorance. Elle me convient. Le fait de ne pas savoir qui je suis me permet d'être fluctuante, incertaine, et de *me lire* dans la prose fantôme des livres volés. Je leur donne vie et en retour ils *m'incarnent*. Les voix, le temps, les lieux me sont de moins en moins identifiables. La seule certitude dont je jouisse est celle accordée au langage, au moule qu'il impose aux mots ainsi qu'à leur signification. Voilà ce que Franz et Sadegh m'ont appris. Voici mon héritage.

Je n'ai jamais rencontré mon père. J'ai mis un terme à ma recherche car j'estime d'une certaine manière l'avoir *trouvé*. Il a successivement eu le visage de Franz, la voix chantante de Sadegh. Il existe des filiations spirituelles plus puissantes que les forces du sang, des héritages tacites, des adoubements secrets. Ce qui me lie à eux est bien plus profond que tout ce que mes colères m'ont appris. Les heures lentes passées à pleurer devant la photo sépia m'ont bien moins renseignée que nos discussions ou nos balades. Car mes deux complices m'ont permis d'expérimenter les sentiments les plus violemment contradictoires à l'endroit d'un homme. En cela, je crois qu'à leurs côtés j'ai vécu ce qu'il m'aurait été donné de vivre si j'avais eu la veine – ou la malchance – de connaître mon père.

NOTES

1. Il ne reste rien de ces textes. Dans *J'ai connu Kafka*, témoignages réunis par Hans-Gerd Koch, traduction de François-Guillaume Lorrain, Actes Sud, Solin, 1998, p. 79, on lit les mots de la bonne, Anna : "Il y avait là *Le Jongleur*, *Discussions photographiques* et *Georg von Podiebrad.* (…) Il me semble qu'il a aussi mis en scène avec ses sœurs les *Pièces en un acte* de Hans Sachs, qu'il avait découvertes grâce à la lecture du livret d'opéra de Wagner *Les Maîtres chanteurs de Nuremberg.*"

2. Fondé en 1906 par une riche Américaine, ce foyer contenait une bibliothèque dont le fonds était majoritairement constitué d'éditions anglaises et américaines. Ce fonds de six mille ouvrages a été transféré sur les rayonnages de la bibliothèque du nouveau foyer, construit en 1928 à l'emplacement du précédent. Occupant toute une aile du foyer au cinquième étage, et disposant d'une remarquable vue sur Paris, la salle a été décorée par l'architecte Charly Knight dans un style néo-Renaissance : voûte à caissons, cheminée monumentale et boiseries sculptées aux attributs des sciences et aux armoiries des nations.

3. *Tav*, en hébreu, "signe", "marque".

4. Fernando Pessoa, *Antinous: A poem*, Lisbon Monteiro & Co., Rua do Ouro, 1918.

5. Roger Lescot traduit et publie *La Chouette aveugle* aux éditions Corti, à Paris, en 1953.

6. Sadegh Hedayat, *La Chouette aveugle*, Corti, 1997, p. 56-57.

7. *La Chouette aveugle*, éd. citée, p. 25.

8. Cette radio tchèque émettra pour la première fois sans censure le 1er mai 1951.

9. Institut d'assurance pour les accidents des travailleurs du royaume de Bohême.

10. Kafka, *Journal*, 19 novembre 1913, traduction de Marthe Robert, Grasset, coll. "Le livre de poche", 1954, p. 298 : "*Tout m'apparaît en tant que construction.* La moindre remarque d'un autre, le moindre spectacle vu par hasard bouleverse tout en moi, même les choses oubliées, même les choses totalement insignifiantes."

11. Kafka, *Journal*, 19 novembre 1913, éd. citée, p. 298.

12. Fernando Pessoa, *Antinoüs*, éditions Fata Morgana, 1991, p. 28.

13. Alvaro de Campos, *Dactylographie,* poèmes écrits entre 1912 et 1933, publiés en 1944 à Lisbonne, sous le titre de *Poesias de Alvaro Campos.*

14. Dans les années 1930 en Iran, Sadegh Hedayat fonde avec des amis le groupe des Quatre. Ils se réunissent dans un café, La Rose Noire. Hedayat et son ami, le poète Massoud Farzad, publient un texte satirique, *La Crécelle,* signé "Gog et Magog, les révoltés de l'Apocalypse". C'est là qu'ils inventent le genre du *ghazieh*, "fait". Ils tournent en dérision les pseudo-scientifiques, les littérateurs, la fatuité du pays. L'ouvrage fait scandale, les auteurs sont mis à l'index. Ils commettent le crime d'inviter le peuple à devenir critique, sceptique, irrévérencieux. Les Quatre tiennent l'islam pour un frein à l'évolution du pays. D'où leur passion pour l'Iran pré-islamique et la religion de Zarathoustra. Dans leurs pièces de théâtre, ils font l'éloge des époques achéménides et sassanides. Le groupe est réprimé en 1936.

15. Hedayat a traduit Kafka en 1948 d'après une édition française. Hedayat a été également le premier en Orient à essayer d'analyser l'univers kafkaïen dans sa préface à *La Colonie pénitentiaire*, intitulée *"Le message de Kafka"* (1948).

16. Shah d'Iran de 1925 à 1941.

17. Franz Kafka, *Journal*, 15 septembre 1912, éd. citée, p. 259.

18. I Rois, v, 27-31.

19. I Rois, VI, 12.

20. Franz Kafka, *Journal*, 21 juillet 1913, éd. citée, p. 280.

21. Franz Kafka, *Le Verdict*, traduction de Claude David, Gallimard, coll. "Folio", 2017.

22. Franz Kafka, *Correspondance, 1902-1925*, traduction de Marthe Robert, Gallimard, 1980, p. 394.

23. Voir le *Journal*, 25 septembre 1917, éd. citée, p. 500 : "Mais le bonheur, je ne pourrai l'avoir que si je réussis à soulever le monde pour le faire entrer dans le vrai, dans le pur, dans l'immuable."

24. Franz Kafka, *Journal*, 23 septembre 1912, éd. citée, p. 262-263.

25. Voir le *Journal*, 11 février, 1913, éd. citée, p. 268.

26. Sadegh Hedayat, *Enterré vivant*, 1930, traduction de Derayeh Derakhshesh, Corti, 2016, p. 32.

27. Franz Kafka, *Journal*, 21 août 1913, éd. citée, p. 288-289.

28. "J'ai fait une folie qui s'est bien terminée" (lettre de Sadegh Hedayat à son frère datée du 3 mai 1928).

29. Voir William Blake, "To Nobodaddy", traduit de l'anglais par Alain Suied, et paru dans *Le Capital des mots*, 4 février 2008 :

Pourquoi restes-tu silencieux et invisible,
Père de Jalousie ?
Pourquoi te caches-tu, dans les nuages
de tous ceux qui te cherchent ?
Pourquoi la nuit et l'obscurité
dans toutes tes paroles, toutes tes lois,
si bien que nul n'ose manger le fruit
arraché des mâchoires du vil serpent ?
Ou est-ce parce que les femmes applaudissent
à ton goût du Secret ?

30. Le texte de *Journal* parut en allemand par extraits en 1937 dans une édition allemande. Luce a eu accès à cette première édition : *Tagebücher und Briefe*, in *Gesammelte Schriften*, vol. VI, Prague, édition de Max Brod et Heinz Politzer, Heinrich Mercy Sohn, 1937. En 1951 paraît l'édition complète de Max Brod, chez S. Fischer.

31. Kafka, *Journal*, éd. citée, p. 335-338.

32. Saint Jean Chrysostome, *De l'incompréhensibilité de Dieu*, édition de Pierre Maréchaux, Rivages poche, coll. "Petite bibliothèque", p. 72.

33. Voir *Un jeûneur*, 1922 : "J'ai toujours voulu que vous admiriez mon jeûne (…) parce que je n'ai pas su trouver l'aliment qui me plaise. Si je l'avais trouvé, crois-moi, je n'aurais pas fait d'histoires et je me serais gavé comme toi et tout le monde", in *Un jeûneur et autres nouvelles*, traduction de Bernard Lortholary, Flammarion, coll. "GF", 1993, p. 85.

34. Voir le *Journal*, 2 août 1914, éd. citée, p. 383.

35. Sadegh Hedayat, *La Chouette aveugle*, éd. citée, p. 161.

REMERCIEMENTS

Je remercie tout particulièrement Véronique Ovaldé et Linda Lê pour la générosité de leur lecture, la pertinence de leurs conseils et leur précieuse amitié.

Merci aussi à mes éditeurs, Évelyne Wenzinger et Bertrand Py, qui m'accompagnent de livre en livre avec une exigence constante et une confiance toujours renouvelée.

TABLE

OUVRAGE RÉALISÉ
PAR CÉDRIC CAILHOL INFOGRAPHISTE
REPRODUIT ET ACHEVÉ D'IMPRIMER
EN JANVIER 2020
PAR NORMANDIE ROTO IMPRESSION S.A.S.
À LONRAI
POUR LE COMPTE DES ÉDITIONS
ACTES SUD
LE MÉJAN
PLACE NINA-BERBEROVA
13200 ARLES

DÉPÔT LÉGAL
1re ÉDITION : MARS 2020
N° impr. : 1906137
(Imprimé en France)